いみちぇん！②

ピンチ！　矢《や》神《がみ》くんのライバル登場《とうじょう》！

あさばみゆき・作
市《いち》井《い》あさ・絵

角川つばさ文庫

目次《もくじ》

人《じん》物《ぶつ》紹《しょう》介《かい》

直《なお》毘《び》モモ

書道《しょどう》がシュミの地味系《じみけい》ガール。
ミコトバヅカイのご当主《とうしゅ》さま。

矢《や》神《がみ》 匠《たくみ》

イケメン転校生《てんこうせい》。
主《あるじ》さまをお守《まも》り
する文房師《ぶんぼうし》で、
モモのパートナー。

宇田川《うだがわ》さん

マジメな学級《がっきゅう》委《い》員長《いんちょう》。

一之瀬《いちのせ》リオ

モモのおさななじみ。
クラスの中心《ちゅうしん》人物《じんぶつ》。

藤原《ふじわら》千方《ちかた》

中等部《ちゅうとうぶ》の王子《おうじ》さま。
裏《うら》の顔《かお》は、
マガツ鬼《き》の頭領《とうりょう》！

牧野《まきの》みずき

モモの家《いえ》の書道《しょどう》教室《きょうしつ》に
入《はい》ってきた、クラスメイト。

ハジメ

モモのピンチを救《すく》った、
ナゾのお兄《にい》さん。

これまでのお話《はなし》

わたし、モモ。超地味系《ちょうじみけい》な五年生《ねんせい》。
ひょんなことから、イケメン矢神《やがみ》くんを
パートナーに、言葉《ことば》の力《ちから》で世界《せかい》を守《まも》る、
ミコトバヅカイになっちゃった！

敵《てき》はまだまだ
ナゾだらけだけど…。
でも、支《ささ》えてくれる
矢神《やがみ》くんといっしょに、
ひみつのお役目《やくめ》
がんばります！

門外不出《もんがいふしゅつ》ミコトバ秘伝《ひでん》の書《しょ》

この世《よ》には、
二種類《しゅるい》の言葉《ことば》がある。
ひとつは美言葉《みことば》。
そして、禍言《まがごと》。
ミコトバは美《うつく》しい言葉《ことば》、
正しい言葉《ことば》。
マガゴトは禍々《まがまが》しい言葉《ことば》、
悪《わる》い言葉《ことば》。
マガゴトがはびこれば、
それを利用《りよう》するマガツ鬼《き》
によって、この世《よ》は混乱《こんらん》し
てしまう。
直毘家当主《なおびけとうしゅ》は、矢神家《やがみけ》と
力《ちから》を合《あ》わせ、この世《よ》をマガ
ツ鬼《き》から守《まも》ること。
――これを、先祖代々《せんぞだいだい》の
ひみつのお役目《やくめ》とする。

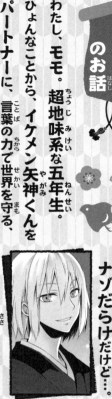

いみちぇんってなに？

「いみちぇん」＝「意味《いみ》・チェンジ」
マガツ鬼《き》が黒札《くろふだ》に書《か》いてきた漢字《かんじ》をもとに、
漢字《かんじ》のパーツを変《か》えたり足《た》したりして、
別《べつ》の意味《いみ》の漢字《かんじ》にしちゃうんだ！

「蜂《はち》」から「虫《むし》」だけ残《のこ》して、「枼」を書《か》き入《い》れると、「蝶《ちょう》」に変身《へんしん》
蝶
BOMB!

さらにひみつが……！

一番《ばん》のひみつは、モモが矢神《やがみ》くんの「主《あるじ》さま」ってこと！クラスで人気《にんき》の矢神《やがみ》くんと仲《なか》が良《い》いなんて知《し》られたら、クラス中《じゅう》の女子《じょし》から目《め》をつけられちゃう。でも、矢神《やがみ》くんはそんなこと全然《ぜんぜん》気《き》にしなくて……。モモの平凡《へいぼん》ライフはいったいどうなる!?

1 ユーウツな学園祭《がくえんさい》

――さんさんとふりそそぐ、日《ひ》ざし。

九月《がつ》ってまだこんなに暑《あつ》かったっけ。

今日《きょう》から新学期《しんがっき》。

わたしはそーっとそーっと、玄関《げんかん》のドアをしめて、ぬき足《あし》さし足《あし》、外《そと》の門《もん》を開《あ》ける。

スチールの門《もん》はちょっとサビてて、焦《あせ》るとギギギギギッて音《おと》がしちゃうから、ここはシンチョーに、シンチョーに……。

よ、よしっ。

するりと門《もん》のスキマをすりぬけて、わたしは家《いえ》の前《まえ》の道路《どうろ》に立《た》った。

…………わたしがこんな、忍者《にんじゃ》みたいなマネしてるのには、ワケがある。

そう、ゼッタイに見《み》つかりたくない相手《あいて》がいるの。

家《いえ》から出《で》てくるのを彼《かれ》に見《み》つかったら、すごくめんどくさいことになっちゃう。
ちらっとマンションの玄関《げんかん》のほうを見《み》たけど、あやしい人影《ひとかげ》はない。
――よし、大丈夫《だいじょうぶ》そうだ。
………じゃあ、いってきまーす！
はじめの一歩《いっぽ》をふみだそうとした、わたし。
そのつま先《さき》の、数《すう》ミリ前《まえ》に、
ゴッ!!
銀色《ぎんいろ》のモノがスッゴイ音《おと》をたてて突《つ》き刺《さ》さった。
「ひえええっ!?」
道路《どうろ》に穴《あな》をあけたソレは、ななめに突《つ》き立《た》ったまま、びぃぃぃぃんって震《ふる》えている。
――文鎮《ぶんちん》、だ。
書道《しょどう》で使《つか》う、あの鉄《てつ》の棒《ぼう》。
それが、アスファルトの地面《じめん》をくだいて、突《つ》き立《た》ってる。
真《ま》っ青《さお》になったわたしの頭上《ずじょう》から、

「——おはよ、モモ」

その犯人《はんにん》とはとても思《おも》えない、すずやかな声《こえ》がふってきた。

見上《みあ》げれば、マンションの二階《かい》のベランダに、ひとりの少年《しょうねん》。

目《め》もとのキリッとした、すごくカッコいい男《おとこ》の子《こ》だ。

ベランダの柵《さく》にほおづえをついて、にっこりとカンペキな笑顔《えがお》。

彼《かれ》はひふみ学園《がくえん》の小学《しょうがく》五年生《ねんせい》で、わたしのクラスメイト。

かつ、わたしのひみつのお役目《やくめ》の、パートナー。

——矢神匠《やがみたくみ》くん、だ。

うわあああっ、見《み》つかっちゃったよぉぉ……！


「——新学期早々《しんがっきそうそう》、おれを置《お》いていこうとするなんて、どういうつもりだ」

ちょっとふてくされたように、わたしをじろっと横目《よこめ》にらむ矢神《やがみ》くん。

結局《けっきょく》、一緒《いっしょ》に学校《がっこう》に向《む》かうことになってしまった。

「だって、矢神《やがみ》くんと二人《ふたり》でいるトコ見《み》られたらタイヘンじゃん……」

二人《ふたり》そろって登校《とうこう》なんて、クラスの女子《じょし》に見《み》つかったらアウトだよっ。

矢神《やがみ》くんは、勉強《べんきょう》も運動《うんどう》もダントツ一番《いちばん》だし、性格《せいかく》も落《お》ち着《つ》いててオトナっぽい。

ぶっきらぼうなトコがあるから、表《おもて》だってキャーキャー言《い》われるわけじゃないけど、実《じつ》は女子《じょし》の中《なか》では、ひそかに人気《にんき》があるんだよね。

――そんな矢神《やがみ》くんとは反対《はんたい》で、わたしは「超《ちょう》」のつく平凡《へいぼん》さ。

背《せ》の順《じゅん》もまんなか。

成績《せいせき》もトクイな国語《こくご》のほかは、中《ちゅう》くらい。

算数《さんすう》と体育《たいいく》は……それより下《した》だけど。

ほんとにフツ～～～の、ジミな女子《じょし》なんだ。

第一《だいいち》、人前《ひとまえ》でめだつのって、心《こころ》のソコからムリ!!だし。

平穏無事《へいおんぶじ》な小学生《しょうがくせい》ライフを送《おく》るためにも、なるべくめだたないように、ひっそりこっそり、暮《く》らしていたいのです！

だから、このまま矢神《やがみ》くんと登校《とうこう》したら、おおさわぎになってピンチなんだってば！

矢神《やがみ》くんは歩《ある》きながら、あきれた目《め》でわたしを見《み》た。

「いいかげん、あきらめろ。おれたちにはお役目《やくめ》があるんだから、なるべく一緒《いっしょ》にいないとだろ」

「う、それは分《わ》かってるけど」

「御筆《みふで》は忘《わす》れずに、ちゃんと持《も》ってきてるか？」

「うん、大丈夫《だいじょうぶ》。ちゃんとポケットに入《い》れてある」

――御筆《みふで》、桃花《とうか》。わたしの家《いえ》、直毘家《なおびけ》に先祖代々《せんぞだいだい》伝《つた》わる秘伝《ひでん》の筆《ふで》だ。

わたしが継《つ》がされちゃっ……ゴッ、ゴホン、ええと、継《つ》ぐことになった、ミコトバヅカイのお役目《やくめ》で使《つか》う、大切《たいせつ》な秘術《ひじゅつ》の筆《ふで》。

わたしはこの桃花《とうか》を武器《ぶき》に、マガツ鬼《き》からみんなを守《まも》らなきゃいけないの。

正直《しょうじき》、ジミで平凡《へいぼん》なわたしが、そんなお役目《やくめ》なんてムリッ！　カンベンしてよー!!

って思《おも》ったけど……。

――でも、お役目《やくめ》を担《にな》うのは、ひとりきりじゃないんだ。

今《いま》となりを歩《ある》いてる、矢神《やがみ》くんっていう頼《たの》もしいパートナーがいる。

彼《かれ》は、わたしをサポートしてくれる文房師《ぶんぼうし》。

文房師《ぶんぼうし》っていうのは、ミコトバヅカイが使《つか》う道具《どうぐ》、たとえば筆《ふで》や紙《かみ》や硯《すずり》、それから墨《すみ》やなんかを、作《つく》ったりメンテナンスしてくれる専門《せんもん》の職人《しょくにん》さん。

彼《かれ》はそのために、わたしの家《いえ》のとなりのマンションに引《ひ》っ越《こ》してきたんだそうだ。

「新学期《しんがっき》もしっかり頼《たの》むぜ、主《あるじ》さま」

わたしの肩《かた》をぽんとたたき、ニッと笑《わら》う矢神《やがみ》くん。

——一番《いちばん》ビックリなのは、このひみつのお役目《やくめ》では、わたしは矢神《やがみ》くんの「主《あるじ》さま」。

つまり、ご主人《しゅじん》さまなんだって！

「〜〜〜っ、二人《ふたり》で行《い》くのは学校前《がっこうまえ》の大通《おおどお》りに出《で》るまでだからね！　その後《あと》は別々《べつべつ》に、時間《じかん》ずらして行《い》くからねっ」

「……めんどくさいなぁ」

「それから、わかってると思《おも》うけど、学校《がっこう》ではモモって呼《よ》ぶのも禁止《きんし》！　他《ほか》のコたちと同《おな》じに、直毘《なおび》って苗字《みょうじ》で呼《よ》んでね」

これだけは、わたしの平和《へいわ》な学園生活《がくえんせいかつ》を守《まも》るために、なにがなんでもゆずれない条件《じょうけん》。

ファンの女子《じょし》に、矢神《やがみ》くんとつきあってるとでもカンちがいされたら……。

そう考《かんが》えるだけで、キョーフで身《み》の毛《け》がよだつっ！

「わかったわかった」

空《そら》を見《み》あげて、ため息《いき》をつく矢神《やがみ》くん。

そんないつもの会話《かいわ》をしながら、わたしたちは、まだ強《つよ》い日《ひ》ざしのふりそそぐ、ひさしぶりの通学路《つうがくろ》を歩《ある》いていった。


帰《かえ》りの会《かい》。

学級委員長《がっきゅういいんちょう》の宇田川《うだがわ》さんが前《まえ》に出《で》てきて、みんなを見《み》わたした。

「新学期《しんがっき》がはじまったばかりですが、今月末《こんげつまつ》は学園祭《がくえんさい》です」

——そっか、学園祭《がくえんさい》かぁ。

クラスに楽《たの》しげなどよめきが広《ひろ》がった。

ひふみ学園《がくえん》の学園祭《がくえんさい》は、初等部《しょとうぶ》も中等部《ちゅうとうぶ》も合同《ごうどう》だから、お客《きゃく》さんがたくさんきて、すごく盛《も》りあがるんだよね。

クラスでひとつずつ出《だ》しものをして、校庭《こうてい》には食《た》べ物《もの》の屋台《やたい》もいっぱい並《なら》ぶ。

去年《きょねん》のクラスはドーナツ屋《や》さんだったんだけど、今年《ことし》はどうなるのかな。

「次《つぎ》の学級会《がっきゅうかい》までに、好《す》きなもの同士《どうし》で四人組《にんぐみ》を決《き》めておいてください。そのグループで、準備《じゅんび》から当日《とうじつ》の仕事《しごと》まで一緒《いっしょ》にやることになります。それから、出《だ》しものを何《なに》にしたいかもグループで話《はな》しあっておいてくださいね。よろしくお願《ねが》いします」

宇田川《うだがわ》さんは軽《かる》く頭《あたま》をさげてから、ぴっとメガネのはしを持《も》ちあげる。

ムダのない、わかりやすい話《はな》しかた。

宇田川《うだがわ》さんって、みんなの前《まえ》でもあんなに堂々《どうどう》としてて、さすがだなぁ。

席《せき》にもどっていく宇田川《うだがわ》さんを、思《おも》わずアコガレの視線《しせん》で追《お》っちゃう。

日直《にっちょく》の号令《ごうれい》で「さようなら」の礼《れい》をして、今日《きょう》はようやくおしまい。

とたんにみんな待《ま》ちきれない様子《ようす》で、おたがいの顔《かお》を見《み》あわせた。

「四人組《にんぐみ》だって。いっしょに組《く》もうか」

「いいよ。じゃあ、あと二人《ふたり》どうするー？」なんて、はやばやと四人組《にんぐみ》のメンバーを決《き》めてるコもいるくらいだ。

わたしは教科書《きょうかしょ》をカバンにしまいながら、はたと気《き》づいて青《あお》くなった。

そうだ、わたしがお弁当《べんとう》食《た》べてるグループって、五人組《にんぐみ》だよ……！

ってことは、だれかが一人《ひとり》あまっちゃう。

さっとグループのコを見《み》わたすと、みんな「どうする?」って気《き》まずい顔《かお》。ど、どうしようっ。

自分《じぶん》があまるのもイヤだけど、ほかのコがあまるのだってイヤだよ……!

「ねえ、モモ」

はっと顔《かお》を上《あ》げると、ちょっと気《き》の強《つよ》い瞳《ひとみ》の、アイドルみたいにかわいい女《おんな》の子《こ》が、わたしの席《せき》の前《まえ》に立《た》ってた。

彼女《かのじょ》は華《はな》やかな笑顔《えがお》で、ニコッとわたしを見《み》おろしてる。

——一之瀬《いちのせ》リオ。

わたしのおさななじみで、クラスで一番《いちばん》の人気者《にんきもの》だ。

めだたないわたしとは、おさななじみでも立場《たちば》がちがいすぎるワケで、小学校《しょうがっこう》に入《はい》ってからは、それほど接点《せってん》もなかったんだけど……。

このまえ、マガツ鬼《き》にねらわれちゃったリオを、「ミコトバヅカイ」として助《たす》けたのをきっかけに、わたしたち、また昔《むかし》みたいに話《はな》せるようになったんだ。

「今日《きょう》、一緒《いっしょ》に帰《かえ》らない? 駅《えき》まえの新《あたら》しいクレープ屋《や》さん寄《よ》ってこうよ。そこのダブルクリーム・ベリーベリー・イチゴスペシャルが、超《ちょう》おいしいんだって」

「ダブルクリーム・ベリーベリー・イチゴスペシャル……!!」

「モモ、イチゴ好《す》きでしょ？」

うんっ！　と首《くび》をたてにふろうとして、わたしはピタッと動《うご》きを止《と》めた。

気《き》づいたら、クラス中《じゅう》の視線《しせん》が、こっちに集《あつ》まってた。

あのジミな直毘《なおび》サンが、リオと二人《ふたり》っきりで遊《あそ》びに行《い》くの……？

あの二人《ふたり》、そんなに仲《なか》よかったっけ？

みたいな、いぶかしげな視線《しせん》。

「――あっ、えっと、ごめんリオ！　今日《きょう》、書道教室《しょどうきょうしつ》なの、忘《わす》れてた！」

「そっか……残念《ざんねん》。じゃ、また今度《こんど》ね」

リオは肩《かた》をおとすと、軽《かる》く手《て》をふって、みんなの輪《わ》のなかにもどっていった。


――わたしって、なんでこうなんだろ……。

トボトボと家路《いえじ》を歩《ある》きながら、落《お》ちこみすぎて、足《あし》が地面《じめん》のアスファルトにめりこみそうだ。

リオがせっかく誘《さそ》ってくれたのに、断《ことわ》っちゃったよ……。

リオから声《こえ》をかけてもらった時《とき》の、みんなの視線《しせん》。

今《いま》、めだってる！　って気《き》づいた瞬間《しゅんかん》、とっさに逃《に》げちゃった。

書道教室《しょどうきょうしつ》、ママにたのめば、別《べつ》の日《ひ》にズラしてもらえたかもしれないのに。

――出《で》る杭《くい》は打《う》たれる。だからなるべく、めだたない。

それはわたしのモットーなんだけれども。

ほんとはリオと一緒《いっしょ》に、放課後遊《ほうかごあそ》びに行《い》きたかったよぉ――――！

結局《けっきょく》、学園祭《がくえんさい》の四人組《にんぐみ》の話《はなし》もしないまま、帰《かえ》ってきちゃった。

お弁当《べんとう》のグループのコたち、どうなっただろ。

まさかもう、決《き》めちゃったなんてことないよね？

わたしだけあまっちゃったりして……。

考《かんが》えただけで、重《おも》～～い足《あし》どりが、ますます重《おも》たくなる。

…………こんなだからわたし、他《ほか》の女《おんな》の子《こ》たちみたいに「親友《しんゆう》」ってコが、いつまで経《た》ってもできないんだよね。

思《おも》わず、はぁあ～っと深《ふか》～いため息《いき》が出《で》てしまった。

2　なんで、いるの!?

部屋《へや》のつくえの筆《ふで》かけから、お気《き》に入《い》りの筆《ふで》を二、三本《ぼん》。

それから、墨《すみ》と下敷《したじ》き、文鎮《ぶんちん》、硯《すずり》、と。

階段《かいだん》をおりていって、リビングを横《よこ》ぎる。

「美言葉流直毘派《みことばりゅうなおびは》・書道教室《しょどうきょうしつ》」って、ママの達筆《たっぴつ》で書《か》かれた看板《かんばん》が、部屋《へや》のドアにかかってる。

カラカラ戸《と》を引《ひ》くと、その奥《おく》は和室《わしつ》。

ずらっと並《なら》んだ文《ふ》づくえには、もう何人《なんにん》かが半紙《はんし》と向《む》かいあってた。

前《まえ》のつくえにすわってたママが、わたしに気《き》づいて「モモ、おかえり～」と声《こえ》をかけてくる。

「ただいま。よろしくお願《ねが》いします」

ここでのママは「先生《せんせい》」だから、ぺこりと頭《あたま》をさげて前《まえ》をとおる。

いつもすわる一番《いちばん》うしろの席《せき》をめざすと、先客《せんきゃく》がいた。

わたしと同《おな》じくらいの年《とし》の女《おんな》の子《こ》。

筆《ふで》をもつ手《て》が、ぷるぷる震《ふる》えてる。今日入会《きょうにゅうかい》したコなのかな？
わたしはそのコのとなりに腰《こし》をおろして、自分《じぶん》の書道道具《しょどうどうぐ》を広《ひろ》げた。
よしっ、書《か》くぞ！
学校《がっこう》でヘコんだぶん、書道《しょどう》でウサばらしだ！
姿勢《しせい》を整《ととの》えて、ふんっと気合《きあ》いを入《い》れる。
正面《しょうめん》のボードに貼《は》ってあるのは、今日《きょう》の課題《かだい》。

――「友《とも》」。

友達《ともだち》の「友《とも》」かぁ。なんだか間《ま》がいいっていうか、悪《わる》いっていうか……。
墨《すみ》をすって、できた墨汁《ぼくじゅう》に、筆《ふで》をひたす。
ママのお手本《てほん》をじぃっと見《み》つめて――、
よし！　わたしは白《しろ》い半紙《はんし》へ、ほとっと筆《ふで》をおろし、すっと第《だい》一画《かく》を引《ひ》く。
きゅっと止《と》めて、伸《の》ばして、はらって。
最後《さいご》にもう一度《いちど》、心《こころ》をこめて……シュルッとはらう。
一息《ひといき》に書《か》きあげた紙《かみ》を、ちょっと顔《かお》をはなして眺《なが》めてみた。

……うん、上出来《じょうでき》、かな。

これくらい、実際《じっさい》の友達関係《ともだちかんけい》もうまくいくといいんだけど。

「す、すごい、上手《じょうず》っ……！」

となりから声《こえ》があがった。

「え」

顔《かお》を向《む》けて、おたがいに目《め》を丸《まる》くした。

となりのそのコは、肩《かた》の下《した》でサラサラゆれる長《なが》い髪《かみ》。

前髪《まえがみ》は眉《まゆ》の下《した》でぱっつんと切《き》りそろえてあって、いかにもおとなしそう。

でも、クリッとしたまるい瞳《ひとみ》は、あどけなくてムジャキなかんじ。

体《からだ》もちっちゃいし、なんだか子《こ》リスみたいな女《おんな》の子《こ》だ。

――あれっ？

「牧野《まきの》さんっ？」

「直毘《なおび》さん、だよね？」

わっ、クラスメイトだ！

びっくりして目《め》をパチクリしあってると、ママが寄《よ》ってきた。

「みずきちゃん、今日《きょう》が初回《しょかい》なのよね。モモ、もしかして同《おな》じクラス？」

「う、うん」

「そしたらアンタ、いろいろ教《おし》えてあげなさい。みずきちゃん、書道《しょどう》は学校《がっこう》以外《いがい》でやったことないんだって」

ママはなんだかニコニコごきげんで、前《まえ》のほうにもどっていった。

もしかして、わたしが家《いえ》に友達《ともだち》をつれて来《き》たりしないから、「友達《ともだち》ができるいいチャンス」なんて、おせっかいなこと考《かんが》えてるのかも。

でも、「いろいろ教《おし》えてあげて」って言《い》われてもっ。

「……え、と、」

オロオロしてると、牧野《まきの》さんが「すごいね！」って身《み》を乗《の》りだしてきた。

「直毘《なおび》さんちって書道教室《しょどうきょうしつ》だったんだ。すごいね、すっごく上手《じょうず》！」

「みずきね、ほんとにヘタクソなの。だからママが教室《きょうしつ》、勝手《かって》に申《もう》しこんじゃったんだけど……、もう、見《み》てコレ」

「あ、ありがとう」

牧野《まきの》さんのかかげた半紙《はんし》。

う、う〜〜〜ん。

わたしもまだまだだけど、牧野《まきの》さんのコレは…………、おせじにもイイ字《じ》じゃない、かも。

なんというか、すごく頼《たよ》りない「友《とも》」の字《じ》だ。

線《せん》がへろへろ細《ほそ》っこくて、瀕死《ひんし》のヘビみたいな？

たぶん一画目《かくめ》をおそるおそる書《か》きはじめて、二画目《かくめ》で「ああダメだ〜」って思《おも》いはじめて、最《さい》後《ご》のはらいあたりで、もうどうでもよくなっちゃった……みたいな。

「う〜んと、そうだなぁ。ホラ、『友《とも》』って、左《ひだり》にはらうトコが二つあるでしょ？　これね、同《おな》じカタチにしちゃうと、カッコ悪《わる》くなっちゃうのかも」

言《い》いながら、牧野《まきの》さんの半紙《はんし》とわたしのをならべてみる。

「最初《さいしょ》のはらいはシュッと下向《したむ》きにはらって、二本目《ほんめ》はゆっくりていねいに、ちょっとだけ上《うえ》に向《む》ける。そうすると、バランスとれてくると思《おも》うよ。白《しろ》い紙《かみ》よごすの怖《こわ》がらないで、心《こころ》をこめて書《か》けば、きっとイイ字《じ》になると思《おも》う」

「そうなんだぁ……。──直毘《なおび》さんくらい上手《じょうず》になるのって、タイヘン？」

「えっ!?　わたしなんてぜんぜん上手《じょうず》じゃないよっ。好《す》きで毎日《まいにち》書《か》いてるだけだからっ」

「……直毘《なおび》さんって、書道《しょどう》ホントに好《す》きなんだね」

ぎくっとした。

わたし、なるべく自分《じぶん》のシュミは言《い》わないようにしてたのに。

ウチの教室《きょうしつ》の中《なか》だからって、つい油断《ゆだん》してた。

だってわたし、ただでさえジミだし、書道《しょどう》が好《す》きなんて言《い》ったら、よけいに暗《くら》いヤツだと思《おも》われちゃうじゃない？

他《ほか》のシュミなんて「漢字《かんじ》」だし、愛読書《あいどくしょ》は『面白難解漢字辞典《おもしろなんかいかんじじてん》』だなんて知《し》られたら、そんな小学五年《しょうがくごねん》の女子《じょし》、ドン引《び》きされてもしょうがないよね。

…………牧野《まきの》さんも、引《ひ》いちゃった、かな……？

おそるおそる彼女《かのじょ》の顔《かお》色をうかがうと──。

あれ？　予想外《よそうがい》に目《め》をキラキラさせて、熱《あつ》いまなざしでわたしを見《み》つめてた。

「すごいね！　みずきも直毘《なおび》さんみたいに書《か》けるようになりたい！　いろいろ教《おし》えて！」

「――えっ」

牧野《まきの》さんに手《て》をにぎられて、心臓《しんぞう》がハネた。

それからブワッと花《はな》が咲《さ》いたみたいに、うれしい気持《きも》ちが、胸中《むねじゅう》にわきあがってきた。

たぶんわたしの顔《かお》、ぱあああって輝《かがや》いちゃってたと思《おも》う。

だって、初《はじ》めて、同《おな》じシュミの友達《ともだち》ができるかもって、そんな予感《よかん》がしたんだもの……！

3 不穏《ふおん》な影《かげ》

鼻歌《はなうた》でも歌《うた》いだしそうな調子《ちょうし》で、ルンルンと墨《すみ》をする。

ベッドには新聞《しんぶん》をしいて、もう何枚《なんまい》も書《か》いた「**友**《とも》」の半紙《はんし》を乾《かわ》かしてるところ。

晩《ばん》ごはんの前《まえ》だけど、あと一枚《まい》くらい書《か》けるかな？

実《じつ》はもう、晩《ばん》ごはん入《はい》らないくらい、おなかいっぱいなんだけど。

というのも、さっき牧野《まきの》さん——ううん、みずきちゃんと、話題《わだい》のクレープ屋《や》さんに行《い》ってきたんだ。

書道教室《しょどうきょうしつ》のあと、勇気《ゆうき》をだして誘《さそ》ってみたんだけど、「いいよ」って、ほんとにいっしょに来《き》てくれた。

ダブルクリーム・ベリーベリー・イチゴスペシャルもおいしかったけど、それよりも、放課後《ほうかご》に友達《ともだち》と二人《ふたり》でクレープ食《た》べてるっていうのが、すっごいうれしかったなあ。

それにみずきちゃん、わたしが書道《しょどう》や漢字《かんじ》の話《はなし》しても、楽《たの》しそうに聞《き》いてくれた。

漢字《かんじ》のうんちく語《かた》ったあとに、はっと我《われ》に返《かえ》って、

「あ、ごめんっ。わたしの話《はなし》ばっかで！」

ってあやまったら――、「みずきも書道《しょどう》と漢字《かんじ》、好《す》きになっちゃった」って笑《わら》ってくれたの。

う、うれしいよぅ……!!

「ずいぶんゴキゲンだな」

いきなり投《な》げこまれた声《こえ》に、わたしはビクッと肩《かた》をはねあげた。

声《こえ》のほうを見《み》れば、開《あ》けはなしたままの窓《まど》のむこう、隣《となり》のマンションのベランダに、矢神《やがみ》くんがほおづえをついて、こっちを眺《なが》めてた。

お風呂《ふろ》あがりなのか、首《くび》にタオルをかけて、つやつやした黒髪《くろかみ》からは、まだしずくがこぼれてる。手《て》には飲《の》みかけの牛乳《ぎゅうにゅう》パック。

「矢神《やがみ》くん」

「おまえ、学校《がっこう》出《で》るときは重《おも》た～いムードで、大丈夫《だいじょうぶ》かよって思《おも》ったけど。なんかイイことあったか？」

「うんっ、あのね！」

わたしは窓《まど》に駆《か》けよって、ベッドで乾《かわ》かしてた半紙《はんし》を一枚《まい》、矢神《やがみ》くんの前《まえ》にかかげてみせた。

「これ！」

「――『友《とも》』？」

「うん、そう！　友達《ともだち》ができそうなの！……ていうか、できたの、かな？」

「へえ？」

矢神《やがみ》くんはおどろいたふうに目《め》をまたたいた。

「同《おな》じクラスの牧野《まきの》みずきちゃん。偶然《ぐうぜん》ね、ママの書道教室《しょどうきょうしつ》に入会《にゅうかい》してきて。びっくりしちゃった」

「牧野《まきの》みずき……か」矢神《やがみ》くんは記憶《きおく》の中《なか》を探《さが》すように、眉《まゆ》をひそめる。

「ああ、モモと同《おな》じでカゲ薄《うす》い系《けい》の女子《じょし》だよな」

分《わ》かってくれたのはうれしいけど、カゲ薄《うす》い系女子《けいじょし》ってなに！

「で、でね、みずきちゃん、書道《しょどう》とか漢字《かんじ》とか、おもしろそうだねって言《い》ってくれたの！　すごいよね！　今《いま》までバカにされるだけで、そんなこと言《い》ってくれた女《おんな》の子《こ》いなかったのに！　まさに『友《とも》』って字《じ》のとおりだなぁって、もううれしくって」

「字《じ》のとおりって？」

首《くび》をかたむける矢神《やがみ》くんに、わたしは半紙《はんし》の「友《とも》」の字《じ》を指《ゆび》さした。

「ほら、『友《とも》』って、『ナ』と『又《また》』でできてるでしょ？　これ、両方《りょうほう》とも、もとは『右手《みぎて》』の象形文字《しょうけいもじ》だったの。象形文字《しょうけいもじ》って、物《もの》のカタチを描《えが》いた絵《え》から作《つく》られた字《じ》のことでね。ホラ、よく見《み》たら、『ナ』も『又《また》』も、手《て》のひらを差《さ》しだしてるような絵《え》に見《み》えてこない？」

矢神《やがみ》くんは、わたしの半紙《はんし》をじ〜っと見《み》つめる。

「……ああ、確《たし》かに」

「だから、『ナ』と『又《また》』で、右手《みぎて》をふたつ重《かさ》ね合《あ》ってる図《ず》が、『友《とも》』って漢字《かんじ》になるの。——同《おな》じ方《ほう》を向《む》いて、手《て》と手《て》を重《かさ》ねる。それが、『友《とも》』！」

「なるほど」

矢神《やがみ》くんは「そうか。友達《ともだち》できてよかったな」って、優《やさ》しく笑《わら》ってくれた。

わたしは「うん！」って目《め》いっぱいうなずいて、ふと気《き》がついた。

きみも「いみちぇん！」にトライ！

ミコトバ道場《どうじょう》①

問題《もんだい》

漢字《かんじ》を足《た》して、ハンカチに変《か》えよ！

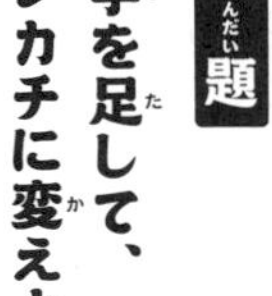

□＋巾《きれ》＝ハンカチ

□に入《はい》る漢字《かんじ》を考《かんが》えてみよう！

「巾《きれ》」はその名《な》の通《とお》り、布《ぬの》の意味《いみ》。
ヒントは「ハンカチでよくふく場所《ばしょ》」。
うーん、かんたんすぎちゃった？

答《こた》えはつぎのページで発表《はっぴょう》！

そういえば矢神《やがみ》くんも、文房師《ぶんぼうし》だから書道《しょどう》はお仕事《しごと》に直結《ちょっけつ》してるし、漢字《かんじ》のうんちくだって、こうやってちゃんと聞《き》いてくれてる……。

もしかして矢神《やがみ》くんも「友《とも》」って言《い》っちゃっていいのかな。

あ、でも彼《かれ》は文房師《ぶんぼうし》で、お役目《やくめ》があるから、主《あるじ》さまのわたしを大切《たいせつ》にしてくれてるわけだし……。

わたしに関《かか》わってくるのは、お役目《やくめ》があるからだもんね。

基本《きほん》、学校生活《がっこうせいかつ》では、あんまり関《かか》わることないから、友達《ともだち》っていうのとは、ちょっとちがうよね。

答《こた》え

正解《せいかい》は…手《て》!!

手《て》十巾《きれ》
←手巾《ハンカチ》だよ。

この漢字《かんじ》をふつうに読《よ》んじゃうと、てぎれ。
手切《てぎ》れ＝別《わか》れを想像《そうぞう》させちゃうから、
結婚《けっこん》の贈《おく》りものにするのはダメなんだって！
「友《とも》」とは大《おお》ちがいだね！

「——で、モモ。おれの話《はなし》は、コレ」

矢神《やがみ》くんはポケットから取《と》りだした封筒《ふうとう》を、ぴっと指《ゆび》にはさんだ。

「ミコトバの里《さと》からの手紙《てがみ》」

「えっ！」

ミコトバの里《さと》って、ずっと昔《むかし》に直毘家《なおびけ》が住《す》んでいた、三重《みえ》にある里村《さとむら》のこと。

何百年《なんびゃくねん》も前《まえ》の主《あるじ》さまが里《さと》を出《で》て、戻《もど》らなくなってからは、家臣《かしん》である矢神家《やがみけ》が、その里《さと》を守《まも》ってるんだって。

矢神《やがみ》くんは、その里《さと》で生《う》まれ育《そだ》ったんだ。

彼《かれ》の話《はなし》では、里《さと》の人間《にんげん》はみんな生《う》まれた瞬間《しゅんかん》から、ミコトバヅカイの武器《ぶき》である文房四宝《ぶんぼうしほう》、つまり、筆《ふで》、紙《かみ》、墨《すみ》、硯《すずり》を作《つく》る修行《しゅぎょう》をはじめて、いつか主《あるじ》さまに文房師《ぶんぼうし》として仕《つか》える日《ひ》のために、ずーっとずーっと、ワザを磨《みが》いてきたって……。

その主《あるじ》さまがわたしだったっていうのが、なんだかホントに、申《もう》しわけないけど……。

「いつもの手紙《てがみ》なら、元気《げんき》でやってるかとか、主《あるじ》さまはいつ里《さと》にいらっしゃるんだとか、そういう内容《ないよう》なんだけどな。今回《こんかい》は、ちょっと……」

矢神《やがみ》くんが、お役目《やくめ》のときのぴりっとした顔《かお》になってる。

ベランダの柵《さく》ごしに封筒《ふうとう》を渡《わた》されて、おそるおそる、中身《なかみ》をのぞきこんでみたんだけど……。

——あれ？　これ、何《なに》かカタいものが入《はい》ってる——？

引《ひ》っくり返《かえ》すと、ころっと……筆《ふで》がでてきた。

な、なにコレっ？

書道用《しょどうよう》の中筆《ちゅうふで》なんだけど、軸《じく》がタテに、まっぷたつに裂《さ》けてるの。

穂首《ほくび》はかろうじてつながってるけど、これじゃもう、書道《しょどう》にはとてもじゃないけど使《つか》えない。

それに、手《て》にした瞬間《しゅんかん》、なにか不吉《ふきつ》な感《かん》じがした。

胸《むね》のソコがぞくっと冷《ひ》えるような感《かん》じ。

「……それ、おまえのシュミが書道《しょどう》って聞《き》いて、里《さと》の筆職人《ふでしょくにん》がプレゼントしようと作《つく》ったそうだ。

だが、清《きよ》めの祝詞《のりと》をあげた瞬間《しゅんかん》に、まっぷたつに割《わ》れちまったって」

「えええっ!?　そんなコトってあるの!?」

「里《さと》の占《うらな》い婆《ばあ》さんは、すごく悪《わる》い兆《きざ》しだって言《い》ってる」

矢神《やがみ》くんは険《けわ》しい目《め》になって、わたしを見《み》すえた。

「その上《うえ》……、**『主《あるじ》さまと文房師《ぶんぼうし》のきずなも、この筆《ふで》のように裂《さ》かれるであろう』**……って」

思《おも》わず筆《ふで》を取《と》りおとしそうになった。

「わたしたちの、きずなが……？」

矢神《やがみ》くんとわたしのきずなが、この筆《ふで》みたいに!?

……それって、お役目《やくめ》のパートナーのきずなってコトだよね？

わたし、お役目《やくめ》はやんなきゃダメだって自分《じぶん》に言《い》い聞《き》かせてるけど……。

まだまだ見習《みなら》い同然《どうぜん》だし、だれかに代《か》わってもらえるなら、ダッシュで逃《に》げちゃいたいって思《おも》うときもあるよ。

だけど、ここまで出《で》てきたマガツ鬼《き》は、二人《ふたり》でなんとか撃退《げきたい》してきたし、矢神《やがみ》くんとのコンビネーションも、だんだん息《いき》が合《あ》ってきた気《き》がしてるのに。

……そんな関係《かんけい》が、ダメになっちゃうってコト……？

この筆《ふで》みたいに裂《さ》かれるって、「もう絶交《ぜっこう》！」みたいになっちゃうのかな……。

——たぶんわたしの顔《かお》、真《ま》っ白《しろ》になるくらい、血《ち》の気《け》が引《ひ》いてたんだと思《おも》う。

どうしようって矢神《やがみ》くんを見上《みあ》げたら、

「——大丈夫《だいじょうぶ》だ。おれとおまえのチカラを合《あ》わせれば、どんなことだってやれる。それに、おれたちのきずなを裂《さ》くなんてこと、おれがゼッタイに、——させない」

矢神《やがみ》くんの強《つよ》い、頼《たの》もしい目《め》が、わたしを正面《しょうめん》から見返《みかえ》してきた。

「…………うん」

——矢神《やがみ》くんがそう言《い》うなら、きっと、大丈夫《だいじょうぶ》。……そう思《おも》えた。

「なっ」

矢神《やがみ》くんは、ニッと笑《わら》う。

首《くび》のタオルでごしごし頭《あたま》をふきながら、「さーて、おれも晩《ばん》メシつくったら、四宝《しほう》の手入《てい》れしなきゃな」って、明《あか》るく言《い》ってくれた。

と、ちょうど下《した》の階《かい》から、ママの「ごはんよー」って声《こえ》が聞《き》こえてきた。

「あ、じゃあ、また明日《あした》、矢神《やがみ》くん」

「モモ」

矢神《やがみ》くんに引《ひ》きとめられて、わたしは部屋《へや》に引《ひ》っこめかけた頭《あたま》を、もう一度《いちど》、窓《まど》の外《そと》に出《だ》した。

「藤原千方《ふじわらちかた》は、いつまた姿《すがた》を現《あらわ》すか分《わ》からない。それに婆《ばあ》さんの占《うらな》いはけっこう当《あ》たるから……。何《なに》かあぶないって感《かん》じたら、すぐにおれに言《い》えよ」

藤原千方《ふじわらちかた》――。

ひふみ学園中等部《がくえんちゅうとうぶ》の王子《おうじ》サマとして大人気《だいにんき》だった、千方《ちかた》センパイ、だ。

実《じつ》はマガツ鬼《き》の総大将《そうたいしょう》だった彼《かれ》は、わたしたちが一度撃退《いちどげきたい》してから、学校《がっこう》には来《き》てないみたい。

あのとき、最後《さいご》の「良《りょう》」の札《ふだ》がきいて消《き》えたのかどうか。

分《わ》からないけど――、たぶん、またいつか現《あらわ》れる。

そんな気《き》がする。

「う、うん」

ごくっとツバをのんだわたしに、矢神《やがみ》くんは軽《かる》く手《て》を振《ふ》って、ベランダの向《む》こうに戻《もど》っていく。

千方《ちかた》センパイが出《で》てくるのもコワいけど……。

でも、それよりも。

――わたしたちのきずなが、この筆《ふで》みたいに、裂《さ》かれちゃう……？

まさか、そんなことにはならないよね……？

手《て》のひらの、壊《こわ》れた筆《ふで》に目《め》を落《お》として、わたしはぶるりと背《せ》すじを震《ふる》わせた。

4　わたしたち似《に》たもの同士《どうし》

いよいよ始《はじ》まる、学園祭準備《がくえんさいじゅんび》。

わたしたち五年《ねん》二組《くみ》の出《だ》しものは――、

「オバケ屋敷《やしき》に賛成《さんせい》のヒトッ！」

リオの声《こえ》に、クラスのほとんどの生徒《せいと》たちが、いっせいに手《て》をあげる。
オ、オバケ屋敷《やしき》か……っ。
ほかの案《あん》は、ええと、演劇《えんげき》、合唱《がっしょう》、ダンス――。

……この中《なか》で人前《ひとまえ》に立《た》たなくてすむのって、やっぱりオバケ屋敷《やしき》しかないよね。

わたし、ホラー映画《えいが》の予告《よこく》だけで夜《よる》ねむれなくなっちゃうくらいだけど……。

だけど、それでも、人前《ひとまえ》で演技《えんぎ》したり歌《うた》ったりおどったりなんてのよりは、千倍《ばい》マシだっ。

宇田川《うだがわ》さんが、いち、に、さんと、あがった手《て》の数《かず》をかぞえだす。

わたしもその中《なか》に、そっと加《くわ》わった。

「みずきもね、オバケ屋敷《やしき》がいいなと思《おも》ったんだ」
班《はん》をつくって向《む》かい合《あ》わせた席《せき》で、みずきちゃんも手《て》をあげた。
えへへと二人《ふたり》で笑《わら》いあう。
四人組《にんぐみ》、みずきちゃんと一緒《いっしょ》の班《はん》になれたんだ。
あとは、いつも二人《ふたり》でいる仲良《なかよ》しさんと合体《がったい》させてもらって、ちょうど四人《にん》！
いつものお弁当《べんとう》のチームも、わたしが抜《ぬ》けたから四人《にん》でオーケー。
「気《き》をつかわせて、ごめんね」なんて言《い》われたけど、ぜんぜん大丈夫《だいじょうぶ》。
ダレもあぶれるコトなく、ピッタリまとまって、ホントによかった〜！
「学園祭《がくえんさい》、楽《たの》しみだね」
みずきちゃんに言《い》われて、わたしも「そうだね」ってうなずく。
今《いま》まで学園祭《がくえんさい》とか学校行事《がっこうぎょうじ》って、それほどウキウキしたりはしなかったけど。
でも、今年《ことし》は、すっごく楽《たの》しくなりそうだな！

それから毎日《まいにち》、みずきちゃんは、休《やす》み時間《じかん》になるとスグわたしの席《せき》に遊《あそ》びにきてくれるし、教《きょう》室《しつ》の移動《いどう》のときも「一緒《いっしょ》に行《い》こっ」って誘《さそ》ってきてくれるようになったんだ。

お弁当《べんとう》のときも、五人《にん》で食《た》べてたとこに、プラス、ひとり。

みずきちゃん、わたし以外《いがい》とは、まだなじめてないみたいだけど、グループの子《こ》たちはみんな優《やさ》しいから、わざわざ、みずきちゃんに話《はなし》をふってくれる。

放課後《ほうかご》の学園祭準備《がくえんさいじゅんび》も同《おな》じ班《はん》だし、一日中《いちにちじゅう》ず〜っと、みずきちゃんといるみたい。

それに書道教室《しょどうきょうしつ》がある日《ひ》は、そのあとも一緒《いっしょ》。

朝《あさ》イチバンにみずきちゃんの顔見《かおみ》ると、すっごいホッとするし、うれしい。

さよならするときまで、ず〜っと一緒《いっしょ》にいるのに、まだ別《わか》れがたいんだよね。

わたし、こんなに「友達《ともだち》!!」っていうお付《つ》き合《あ》いしてくれるコ、小学校《しょうがっこう》で初《はじ》めてかも。

ちっちゃかったときは、おさななじみのリオがいてくれたけど、小学校《しょうがっこう》にはいってからは、どんどん遠《とお》くなっちゃったから……。

でも今《いま》は、みずきちゃんがいてくれるから、さみしくなんかない。

いつも一緒《いっしょ》にいてくれる友達《ともだち》がいるって、すごく安心《あんしん》するんだね。


「ねね、モモちゃん！」

登校《とうこう》してきたわたしを見《み》つけるなり、みずきちゃんは走《はし》りよってきた。

「みてみてっ、コレ、買《か》っちゃった！」

みずきちゃんがつくえに広《ひろ》げたものを見《み》て、わたしはビックリしてしまった。

わ、これ、全部《ぜんぶ》わたしの持《も》ってるのと同《おな》じだ！

わたしが大好《だいす》きな「フデマメくん」の筆《ふで》バコと、シャーペンと、消《け》しゴム。

フデマメくんって、筆《ふで》を持《も》った枝豆《えだまめ》の兄弟《きょうだい》が三つ積《つ》み重《かさ》なってるキャラクターでね。

これがまたカワイイんだ。特《とく》に一番下《いちばんした》のオジマメなんて、ヒゲついてるし、ちょっと発芽《はつが》しちゃってるし、上《うえ》の二つが重《おも》たいみたいで、ややつぶれ気味《ぎみ》。

でもマイナーなキャラだから、あんまり売《う》ってるとこ見《み》かけないの。

「すごい！　この筆《ふで》バコ、限定品《げんていひん》だったのに！　どうしたのっ？」

——あっ、そういえば昨日《きのう》みずきちゃんに、コレどこで買《か》ったのって聞《き》かれたっけ。

二駅《ふたえき》さきの大《おお》きな雑貨屋《ざっかや》さんにしかなかったと思《おも》うんだけど、もしかして昨日《きのう》の放課後《ほうかご》、わざわざ買《か》いに行《い》ってきたのかな。

「モモちゃんとおソロにしたかったから、いっぱい探《さが》したの」

「——おソロ……」

そっか。仲《なか》いい女《おんな》の子《こ》たちって、文房具《ぶんぼうぐ》とかアクセサリーとか、おそろいのを持《も》ってたりするもんね。仲良《なかよ》しの確認《かくにん》、みたいなかんじで。

これってそういう「仲良《なかよ》しのおソロ」、なんだ。

それに気《き》づいたら、なんだかじんわり、あったかい気持《きも》ちになってきた。

「わたしも何《なに》か、みずきちゃんと同《おな》じのそろえようかな」

「えっ、ほんと？　うれしいな」

えーと、制服《せいふく》はみんな同《おな》じだしなぁ。

毎日使《まいにちつか》えるもので、学校《がっこう》に持《も》ってきても怒《おこ》られないもの……。

ふと、彼女《かのじょ》が手首《てくび》につけてる、水色《みずいろ》のリボンのゴムが目《め》に入《はい》った。

「あっ、みずきちゃんの、手首《てくび》につけてるリボンのゴム！　それ、わたしも今日買《きょうか》ってくる！」

「これ？　じゃあ、一個《こ》あげる！　二《ふた》つ結《むす》びするときように、ちょうど二個《こ》持《も》ってるから」

「――いいの？」

「うん！　モモちゃんにもらってほしい」

そう言《い》って、みずきちゃんはわたしの手首《てくび》に、水色《みずいろ》のリボンを通《とお》してくれた。

は、初《はじ》めての、おソロだよ……!!

「みずきちゃん、ありがとう」

「これでまたひとつ、おソロが増《ふ》えたね」

うれしそうなみずきちゃんは、とってもかわいく笑《わら》った。

「――おはよ、直毘《なおび》。……と、牧野《まきの》」

となりの席《せき》に、矢神《やがみ》くんがやってきて、がたっとイスを引《ひ》いた。

「あ、おはよう、矢神《やがみ》くん」

「……………なんだソレ」

矢神《やがみ》くんは、つくえに広《ひろ》げたおソロの文《ぶん》房具《ぼうぐ》と手首《てくび》のリボンを見《み》て、あきれたような目《め》。

そ、そんな目《め》しなくてもっ。

矢神《やがみ》くんは、乙女《おとめ》ゴコロをわかってないんだっ。

「これはねっ、モモちゃんとの仲良《なかよ》しの証《しょう》拠《こ》なの！」

わたしが口《くち》をひらくまえに、みずきちゃんが前《まえ》へ出《で》た。

おソロをバカにされたの、ゼッタイ許《ゆる》せない！　っていう剣幕《けんまく》だ。

「友達《ともだち》と同《おな》じもの持《も》ってると、ずっとつながってるみたいで、うれしいでしょ？」

うんうん、そうだそうだ。

みずきちゃんの横《よこ》でうなずく、わたし。

「学校終《がっこうお》わってからも、おソロがあるとさびしくないし、モモちゃんのこと思《おも》い出《だ》して、ひとりじゃないなって思《おも》えるもの」

うん。そうだそうだ。

わたしも家帰《いえかえ》ったら、新《あたら》しい友達《ともだち》できたの思《おも》い出《だ》して、にやにやしちゃうもん。

わたしの部屋《へや》の壁《かべ》は、今《いま》や「友《とも》」が書《か》かれた半紙《はんし》でいっぱいだ。

「それにね、コレは一番《いちばん》のしるしなんだよ？」

みずきちゃんはすごいシンケンな目《め》で、矢神《やがみ》くんをぐいっと覗《のぞ》きこむ。

「学校《がっこう》にいるとき、モモちゃんが他《ほか》のコと仲良《なかよ》く話《はな》してると、ホントはちょっとイヤだけど。でも、モモちゃんとおソロを持《も》ってるわたしが一番仲《いちばんなか》いいんだって思《おも》えば、ガマンできるもん」

――ん？　そうなの？

みずきちゃん、わたしが他《ほか》のコと仲良《なかよ》くしてるの、イヤなんだ。

そういうものなのかなぁ。

わたしは、みずきちゃんが別《べつ》のコとでも楽《たの》しそうだと、うれしいけどなぁ。

「……………ガマン、か」

矢神《やがみ》くんは眉間《みけん》にシワをよせて、理解《りかい》しがたいって顔《かお》。

「そう！　女子《じょし》ってそういうものだよ！」

「へえ……」

みずきちゃんの熱弁《ねつべん》に、矢神《やがみ》くんまでちょっと気圧《けお》されてる。

あ、と気《き》づいたら。

——クラスのコたちが、みんな、わたしたちに注目《ちゅうもく》してた。

しかも、いつの間《ま》にか入《はい》ってきた先生《せんせい》まで、ぽかんとしてコッチを見《み》てる。

わわわっ、はずかしい！　みずきちゃん、声《こえ》おっきいから！

思《おも》わず顔《かお》をうつむけるわたしに対《たい》して、みずきちゃんは、どうだってかんじで胸《むね》をはって、自《じ》分《ぶん》の席《せき》にもどっていった。

——みずきちゃん、おとなしいコだと思《おも》ってたけど、意外《いがい》とけっこう、熱《あつ》いタイプのコだったんだなぁ……。

「直毘《なおび》さん、なんか最近《さいきん》、大丈夫《だいじょうぶ》？」

掃除中《そうじちゅう》、モップで床《ゆか》のよごれを落《お》とすのに夢中《むちゅう》だったわたしに、宇田川《うだがわ》さんが声《こえ》をかけてきた。

「え？　大丈夫《だいじょうぶ》って、なにが？」

「なにがって――」

宇田川《うだがわ》さんはちらっと周《まわ》りを確認《かくにん》して、わたしの耳《みみ》に顔《かお》をよせた。

「牧野《まきの》さんに、………つきまとわれてるんじゃないの？」

「ええええええっ!?」

大《おお》きな声《こえ》がでちゃって、わたしはあわてて自分《じぶん》の口《くち》をふさいだ。

みずきちゃんが、つきまとってるだなんて！

やっとできた、わたしの大切《たいせつ》な友達《ともだち》なのに！

「……ち、ちがうちがうっ。みずきちゃんは、あの、わたしの、と、と、と、」

「と？」

「と、と、友達《ともだち》っ、だから」

と、友達《ともだち》とか、おっきなコト言《い》っちゃったけど……、ま、まちがってないよね？

みずきちゃんも、仲良《なかよ》しって言《い》ってくれたもんね？

真《ま》っ赤《か》になったわたしを、宇田川《うだがわ》さんはメガネの奥《おく》の目《め》を丸《まる》くして、しばらく呆然《ぼうぜん》として見《み》つめてた。

な、なにかヘンだったかなっ。

やっぱ周《まわ》りから見《み》て、わたしたちってまだ友達《ともだち》に見《み》えてないとか？

わたし、人付《ひとづ》き合《あ》いヘタだから、みずきちゃんとの接《せっ》しかたギコチなかったのかなっ。

ワタワタするわたしに、宇田川《うだがわ》さんはくすっと苦笑《くしょう》した。

「ならいいの。ちょっと心配《しんぱい》しただけ」

「――え？」

し、心配《しんぱい》って、なんで？　なにを？

「宇田川《うだがわ》さん、モモはハッキリ言《い》わないとわかんないよ。お人《ひと》よしだからさぁ」

つくえの上《うえ》に座《すわ》ったリオが、モップの柄《え》にあごをのせて、しょうがないなあって顔《かお》をする。

「あのコ、ちょっとやりすぎじゃない？　おソロとかはアタシたちだってやるけどさ、四六時中《しろくじちゅう》モモにべったりじゃん」

「リ、リオ」

「──おれも同感《どうかん》」

矢神《やがみ》くんが黒板消《こくばんけ》しを手《て》にはめたまま、こっちを振《ふ》りかえった。

「朝《あさ》の話《はなし》もな。モ、──直毘《なおび》が他《ほか》の人間《にんげん》と話《はな》すのがイヤなんて行《い》きすぎじゃないか？」

「…………え…………」

わたしは思《おも》わず目《め》を見開《みひら》いた。

な、なんで？

みんな、そんなふうに思《おも》ってたの？

……三人《にん》とも、イジワルで言《い》ってるんじゃないんだよね？

「……で、でも。みずきちゃん、すごくいいコだよ？」

胸《むね》がどきどき鳴《な》りはじめた。

なんでみんな、こんなコト言《い》うんだろう。

つまりは、みずきちゃんとキョリを取《と》れってことでしょ？

せっかく、ようやく、友達《ともだち》ができたのに。

「わたし、みずきちゃんと友達《ともだち》になれてよかったって、ホントに思《おも》ってるよ」

そう言《い》うと、三人《にん》は顔《かお》を見合《みあ》わせた。

「……よけいなお世話《せわ》だったね。モモがそう思《おも》ってるなら、いいんだ」

リオは肩《かた》をすくめて、ちょっと笑顔《えがお》をつくる。

「う、うん」


――と、ぱたぱたっと走《はし》りよってくる足音《あしおと》。

「モモちゃんっ、みずき、下駄箱《げたばこ》の掃除《そうじ》おわった〜！」

「わっ、みずきちゃん」

勢《いきお》いよく首《くび》に飛《と》びつかれて、よろめいてしまった。

「モモちゃんも教室《きょうしつ》、もうすぐおわり？　ね、トイレ行《い》こっ？　ひとりじゃさみしいもん」

「あ、う、うん」

みずきちゃんに手《て》をひっぱられて、わたしは引《ひ》きずられるように教室《きょうしつ》を後《あと》にする。

……友達《ともだち》なんだから、一緒《いっしょ》にいたいって思《おも》うのは、あたりまえだよね……？

5 ねらわれたトモダチ

「その段《だん》ボール、こっち持《も》ってきてー！」

「あっちに、つくえ三つ積《つ》み重《かさ》ねて！　イスはとりあえず、ろうかに出《だ》しまーす！」

「ガムテープたりないよー！」

ワイワイガヤガヤ、教室《きょうしつ》は、みんなのにぎやかな声《こえ》であふれてる。

今日《きょう》、土曜日《どようび》は全学園《ぜんがくえん》をあげての準備日《じゅんびび》。

で、日曜日《にちようび》はもう、学園祭当日《がくえんさいとうじつ》！

なにせ教室《きょうしつ》を、今日一日《きょういちにち》でオバケ屋敷《やしき》の迷路《めいろ》に変身《へんしん》させなくっちゃいけないから、相当《そうとう》タイヘンだ。

男子《だんし》の班《はん》は主《おも》に力仕事《ちからしごと》。

つくえを積《つ》み上《あ》げてカベを作《つく》ったり、ベニヤ板《いた》で通路《つうろ》を作《つく》ったり。

わたしとみずきちゃんは、「せーの！」って、二人《ふたり》がかりで、積《つ》み重《かさ》ねた段《だん》ボールを持《も》ちあげた。

箱《はこ》の中《なか》は、オバケ用《よう》の材料《ざいりょう》がぎっちり。

一番下《いちばんした》は、ぼろきれとシーツの箱《はこ》で、その上《うえ》にも二箱《ふたはこ》。

うう、けっこう重《おも》い……！

「み、みずきちゃん、大丈夫《だいじょうぶ》？」

「う、うん。モモちゃんは平気《へいき》？」

二人《ふたり》でろうかを右《みぎ》へ左《ひだり》へヨロヨロしてたら――。

急《きゅう》に、段《だん》ボールが軽《かる》くなった。

「あれ？」

「――こういう時《とき》は声《こえ》かけろよ、直毘《なおび》」

真後《まうし》ろから、聞《き》きなれた声《こえ》。

ふりかえると、矢神《やがみ》くんが荷物《にもつ》を支《ささ》えてくれてた。

彼《かれ》はひょいっと、段《だん》ボールタワーをわたしたちから奪《うば》いとる。

そのまま、さっと教室《きょうしつ》の中《なか》まで運《はこ》んでいってくれた。

あんなに重《おも》かったのに、矢神《やがみ》くんが持《も》つとナカミが空《から》っぽみたいだ。

「あ、ありがと、矢神《やがみ》くん」

「おう」

肩《かた》ごしに手《て》をふり、彼《かれ》は男子《だんし》たちのところへ行《い》ってしまった。

「…………矢神《やがみ》くんって」

ぽつりと、みずきちゃんがつぶやいた。

「え？」

「矢神《やがみ》くんってブアイソだと思《おも》ってたけど。……モモちゃんにだけは、優《やさ》しいよね？」

ドキッとして、わたしはその場《ば》に固《かた》まった。

わたしにだけ優《やさ》しいって……それは間違《まちが》いなく、矢神《やがみ》くんの主さまだからで。

でもお役目《やくめ》はヒミツだから、そんなことバラせないしっ。

「そそそんなことないと思《おも》うよっ？　ろうかの通行《つうこう》のジャマだったから、手伝《てつだ》ってくれたんじゃないかなっ」

「あ、そっかぁ。そうかもね」

…………ご、ごまかせたかな？

とにかくわたしたちは自分《じぶん》たちの仕事《しごと》にかかるべく、教室《きょうしつ》のすみっこで、段《だん》ボール箱《ばこ》を広《ひろ》げはじめた。

――わたしたちの班《はん》は、オバケを作《つく》る係《かかり》。

まずは、黒《くろ》いシーツに、ボール紙《がみ》を切《き》りぬいて作《つく》った目玉《めだま》を貼《は》りつけていく。

これは、「百目《ひゃくめ》」っていう、百個《こ》も目玉《めだま》がある妖怪《ようかい》の着《き》ぐるみになる予定《よてい》。

目玉《めだま》の部分《ぶぶん》は蛍光塗料《けいこうとりょう》でぬってあるから、暗《くら》いとこで光《ひか》るようになってるんだ。

ほかにも、理科室《りかしつ》から借《か》りたガイコツとか、マネキンにぐるぐる包帯《ほうたい》まいたミイラ男《おとこ》とか。

ケッサクなのは人面犬《じんめんけん》かな。

これね、リオの家《いえ》にあった等身大《とうしんだい》の犬《いぬ》のぬいぐるみに、担任《たんにん》の先生《せんせい》の顔《かお》をおっきくプリントしたお面《めん》をつけたの。

ふふふ。先生《せんせい》にはナイショ。

みんな見《み》たら、ビックリしたあと、超笑《ちょうわら》っちゃうと思《おも》うんだよね。

「モモちゃん。明日《あした》、楽《たの》しみだね」

「うん。かなりコワいオバケ屋敷《やしき》になりそうだよね」

「だねっ。――学園祭《がくえんさい》があって後夜祭《こうやさい》で、あさっては代休《だいきゅう》かぁ。早《はや》いねぇ～。モモちゃん、代休《だいきゅう》の日《ひ》はなにしてるの？　またみずきとクレープ屋《や》さん行《い》かない？　二人《ふたり》っきりの打《う》ちあげ！」

「わあ、行《い》きたい！――あ、でも。月曜日《げつようび》って書道教室《しょどうきょうしつ》だよね。わたし、その前《まえ》も予定《よてい》あるんだ……。ザンネン」

代休《だいきゅう》は、お役目《やくめ》の特訓《とっくん》するから空《あ》けとけって、矢神《やがみ》くんに言《い》われてるんだよね。

みずきちゃんと二人《ふたり》でクレープ屋《や》さんなんて最高《さいこう》だけど、そんなこと言《い》ったら、矢神《やがみ》くんに「主《あるじ》さま～～」って吹雪《ふぶき》みたいな冷《つめ》た～い目《め》でにらまれそうだし……。

「そっか、書道教室《しょどうきょうしつ》かあ、忘《わす》れてたぁ」みずきちゃんは口《くち》に手《て》を当《あ》てた。

――あ、書道《しょどう》で思《おも》い出《だ》したっ！　わたし、「友《とも》」っていう字《じ》のお手本《てほん》、ママに書《か》いてきてもらったんだよね。

みずきちゃん、早《はや》く上手《じょうず》になりたいって言《い》ってたから、おうちでも練習《れんしゅう》したいかなと思《おも》って。

「そうだ、昨日《きのう》ママに、書道《しょどう》のお手本《てほん》もらっ、」

「でもさ！」

みずきちゃんにさえぎられて、わたしは目《め》をパチクリした。

「クレープ屋《や》さん、月曜《げつよう》だけ半額《はんがく》なんだよね。他《ほか》の日《ひ》だとソンだし、書道教室《しょどうきょうしつ》の時間《じかん》、サボってクレープ屋《や》さん行《い》っちゃわない？」

「えっ……！」

――みずきちゃん、教室《きょうしつ》まだ三回目《かいめ》なのに、サボっちゃうの？

書道《しょどう》好《す》きになったって、上手《じょうず》になりたいって言《い》ってたのに。

おもわず言葉《ことば》につまったわたしを見《み》て、みずきちゃんはハッとした顔《かお》になった。

「――あ、今《いま》のウソ！　じょうだんだよっ。クレープ屋《や》さんは、また行《い》けばいいもんね」

「う、うん」

やっとうなずくと、みずきちゃんはホッとしたみたいに、胸《むね》をなでおろした。

「――そうだ、そんなことよりさ！　モモちゃんは明日《あした》の学園祭《がくえんさい》、どんな靴下《くつした》はいてくる？髪型《かみがた》はいつもと同《おな》じ？」

「え、あ、うん。そのつもりだけど。……靴下《くつした》

は、どうだろ。まだわかんない」

「じゃあ、みずきは白《しろ》いフリルついたのにする。くるぶし丈《たけ》の。モモちゃんもそういうのある？」

「あったかなぁ……？」

「それ、ゼッタイはいてきてね！」

——みずきちゃんは最近《さいきん》、おソロにハマっちゃってるみたい。

髪型《かみがた》も、前《まえ》は髪《かみ》の毛《け》おろしてたのに、今《いま》はわたしと同《おな》じツインテール。

花《はな》びらのカタチしたヘアゴムも、いつのまにか同《おな》じのを買《か》ってきたみたい。

フデマメくんシリーズの文房具《ぶんぼうぐ》も、他《ほか》にもそろえてきて、今《いま》やほとんどいっしょだし。

なにもそこまで、そろえなくてもいいんじゃないかな……って、思《おも》うんだけど。

でも、みずきちゃんのうれしそうな笑顔《えがお》みると、何《なに》も言《い》えなくなっちゃうんだよね。

「……………みずきね、学校《がっこう》って、大《だい》キライだったの」

百目《ひゃくめ》の目玉《めだま》をハサミで切《き》り抜《ぬ》きながら、みずきちゃんがポツリとつぶやいた。

「みずき、今《いま》まであんまり友達《ともだち》いなかったから……。学園祭《がくえんさい》とか行事《ぎょうじ》も、さっさと終《お》わればいいな～って思《おも》ってたし。でもね、今《いま》は毎日楽《まいにちたの》しいの！　モモちゃんがいるおかげだよ？　モモちゃんと友達《ともだち》になれてよかったなぁ。……ずっと一緒《いっしょ》にいようね。みずき、モモちゃんがいなきゃ死《し》んじゃうくらいなんだから」

「ははは……、死《し》んじゃうとかは大《おお》げさだけど。でも、わたしもみずきちゃんと友達《ともだち》になれてよかったよ」

わたしの言葉《ことば》に、みずきちゃんは顔中《かおじゅう》を笑《え》みでいっぱいにする。

そうだよね、友達《ともだち》が喜《よろこ》んでくれるなら、わたしもそれが一番《いちばん》うれしい！

「――モモちゃん。そこの両面《りょうめん》テープとってくれる？」

「えっ？」

横《よこ》からかけられた声《こえ》に、わたしはビックリしてしまった。

同《おな》じ班《はん》の、羽柴《はしば》さん。

い、今《いま》、「モモちゃん」って名前《なまえ》で……。

「あ、ごめんね。牧野《まきの》さんがいつもモモちゃんって呼《よ》んでるから、つい」

「ううんっ。と、とってもうれしい！　ありがとう」

羽柴《はしば》さんにテープを渡《わた》して、二人《ふたり》でニコニコしてると、みずきちゃんが「あっ」と声《こえ》をあげた。

「どうしよう、両面《りょうめん》テープ、もうなくなっちゃった。職員室《しょくいんしつ》にもらいに行《い》かなきゃ」

「あ、じゃあ、わたし行《い》くよ」

羽柴《はしば》さんが立《た》ち上《あ》がる。

「そうだ。みずきも先生《せんせい》に用事《ようじ》あったんだ。モモちゃん、羽柴《はしば》さんとちょっと行《い》ってくるね」

そう言《い》って、みずきちゃんと羽柴《はしば》さんは二人《ふたり》で教室《きょうしつ》を出《で》ていった。

――モモちゃん、かぁ。

羽柴《はしば》さんの声《こえ》を思《おも》い出《だ》して、うふふっと口元《くちもと》がゆるんじゃった。

名前《なまえ》で呼《よ》んでもらえるって、やっぱりうれしいなぁ。

羽柴《はしば》さんの下《した》の名前《なまえ》って、香織《かおり》ちゃんだったっけ。

わたしも「香織《かおり》ちゃん」って呼《よ》んでも、イヤがられないかな。

…………勇気《ゆうき》をだして、あとで呼《よ》んでみよう。

それで、もっと仲《なか》よくなれたらいいな。

もしかして、また友達《ともだち》がひとり増《ふ》えちゃったりして!?

ニマニマしながら、わたしは百目《ひゃくめ》のシーツに目玉《めだま》を貼《は》っていく。

――これが終《お》わったら、次《つぎ》はええと、天井《てんじょう》にぶらさげるコウモリを作《つく》ればいいのかな。

資料《しりょう》の紙《かみ》を見《み》てみると――、げげっ、全部《ぜんぶ》で二十四《ぴき》、だって。

時計《とけい》の針《はり》は、もう三時《じ》。

五時《じ》の下校時刻《げこうじこく》まで、あと二時間《じかん》だ！　なんとか間《ま》に合《あ》わせなきゃ！

よしっと気合《きあ》いを入《い》れなおし、残《のこ》った二人《ふたり》で、いそいで百目《ひゃくめ》をしあげてしまう。

今度《こんど》はコウモリにかからなきゃ！

「ただいまっ」

ガラッと教室《きょうしつ》のドアがひらいて、みずきちゃんたちがもどってきた。

それからは班《はん》の全員《ぜんいん》で、コウモリ作《づく》りに集中《しゅうちゅう》。

時間《じかん》もないし、流《なが》れ作業《さぎょう》にしようってことになった。

わたしがぼろきれを四角《しかく》く切《き》って、頭《あたま》のところにワタをいれる係《かかり》。

みずきちゃんは胴体《どうたい》にワタをつめて縫《ぬ》い合《あ》わせて、羽柴《はしば》さんたちは、目鼻《めはな》とツバサをつけていく。

「これって、けっこうむずかしいね」

「下校時刻《げこうじこく》までに終《お》わるかなぁ」

羽柴《はしば》さんたち、ワタワタしながらハサミや針《はり》を持《も》ちかえて、なんだかタイヘンそう。

わたし、ハタと気《き》がついた。

――もしかしてわたし、一番《いちばん》カンタンな係《かかり》とっちゃった？

交代《こうたい》するって言《い》ってみようかな。

そしたら、「香織《かおり》ちゃん」って呼《よ》ぶチャンスだし。

よ、よし！

ほ、ほんとに、名前《なまえ》、呼《よ》んじゃう……っ？

心臓《しんぞう》がどっどっどって鳴《な》りはじめた。

「……わ、わたし、そっちやろうか？　交代《こうたい》するよ、か、香織《かおり》ちゃんっ！」

い、言《い》っちゃった！　呼《よ》んじゃったよ！

でも、そのとたん――。

羽柴《はしば》さんが、ぴたっと動《うご》きを止《と》めた。

「――ううん、大丈夫《だいじょうぶ》」

こっちを向《む》かないまま、カタい声《こえ》で返《かえ》される。

……あれ？

「そ、そ、そう？　……あ、あのねっ、わたしも香織《かおり》ちゃんって、下《した》の名前《なまえ》で呼《よ》んでもいい？」

あわてて言《い》いそえると、羽柴《はしば》さんは、すごく気《き》まずそうに下《した》を向《む》いてしまった。

「……ごめん。わたしも直毘《なおび》さんって呼《よ》ぶから、苗字《みょうじ》で呼《よ》んでくれる？」

「え、」

「ごめんね！」

羽柴《はしば》さんは、もうひとりの班《はん》のコのうしろに隠《かく》れるようにして、作業《さぎょう》を再開《さいかい》する。

……え、なんで？

ハサミを持《も》ったまま、わたし、体《からだ》がかたまっちゃったみたい。手《て》が氷《こおり》みたいに冷《つめ》たくなる。

そのまま動《うご》けないでいると、みずきちゃんが、トンッと背中《せなか》をたたいてきた。

「モモちゃん、手《て》、うごかさなきゃ！　いそがないと下校時刻《げこうじこく》に間《ま》に合《あ》わないよっ」

「あ、うん。そうだよね。がんばんなきゃね」

ぼろきれとハサミを持《も》ち直《なお》しながら、ちらっと羽柴《はしば》さんをぬすみ見《み》た。

けど、彼女《かのじょ》は手《て》もとのコウモリに一生懸命《いっしょうけんめい》で、全然《ぜんぜん》こっちを見《み》てくれない。

………わたし、なにかイヤなことしちゃったのかな。

ラクな係《かかり》とっちゃったから？

それとも、交代《こうたい》するよなんて、かえって失礼《しつれい》だった？

胸《むね》がドクドクいってる。

「——直毘《なおび》」

ろうかの外《そと》からかかった声《こえ》。

見《み》れば、矢神《やがみ》くんがドアのすきまから顔《かお》を出《だ》してた。

重《おも》そうな段《だん》ボールをいくつも抱《かか》えてる。

「あ、今《いま》ドア開《あ》けるねっ」

ぱたぱた駆《か》けよると、

——えっ？

目線《めせん》で「こっち来《こ》い」ってうながされて、ろうかに連《つ》れ出《だ》された。

「な、なにっ？　どうしたの？」

矢神《やがみ》くんはふいにわたしに顔《かお》をよせて、

「——モモ。アイツ、気《き》をつけろ」ちいさな声《こえ》で、耳打《みみう》ちしてきた。

「…………アイツって、だれ？」

「牧野《まきの》みずき。さっき、ろうかで羽柴《はしば》と話《はな》してるのが聞《き》こえた」

「えっ？」

だって、二人《ふたり》は両面《りょうめん》テープをもらいに職員室《しょくいんしつ》に行《い》ってたんじゃ……。

「モモちゃんはみずきの友達《ともだち》なの。一番《いちばん》の親友《しんゆう》はみずきなの。——って、すごい目《め》してた。羽柴《はしば》、おびえてただろ。牧野《まきの》は、おまえに自分以外《じぶんいがい》が近《ちか》づかないように、周《まわ》りをけん制《せい》してんだよ」

——羽柴《はしば》さんの、ガラッと変《か》わっちゃったあの態度《たいど》。

さっきみずきちゃんが何《なに》か言《い》ったんなら……、ちょっと納得《なっとく》いく、かも。

けど……！

「そ、そんなの矢神《やがみ》くんのカンちがいだと思《おも》う。ただ単《たん》に、わたしと仲良《なかよ》しだって言《い》ってくれただけじゃない」

「あのなぁ」矢神《やがみ》くんは、段《だん》ボール箱《ばこ》をどさっと床《ゆか》におろした。

「いいか、モモ。マガゴトっていうのは、直接傷《ちょくせつきず》つけたり、攻撃《こうげき》してくるものだけじゃない。おまえにとって心地《ここち》いい言葉《ことば》でも、そこにマイナスの気持《きも》ちがこもってるなら、それは悪《わる》い言葉《ことば》、マガゴトになるんだ。——おまえ、アイツとは少《すこ》し離《はな》れたほうがいい」

は、離《はな》れろって……！

矢神《やがみ》くん、わたしのパートナーだから、素直《すなお》に言《い》うこと聞《き》きたいけど……。

みずきちゃんと仲《なか》よくなれて楽《たの》しいときなのに、なんでそんな冷《つめ》たいコト言《い》うの!?

「だから、みずきちゃんにマイナスの気持《きも》ちなんてないって言《い》ってるの！　せっかくできたわたしの友達《ともだち》を、悪《わる》く言《い》わないで！」

ちょっと大《おお》きい声《こえ》が出《で》ちゃった。

ハッとして口《くち》をおおうけど、矢神《やがみ》くんはそれより驚《おどろ》いた顔《かお》で、まじまじとわたしを見《み》つめる。

しばらくそうして口《くち》をつぐんだあとで、ヒタと、わたしを見《み》すえた。

「…………おれが心配《しんぱい》してるのが、わからないのか」

そのシンケンな視線《しせん》に、どきっとした。

矢神《やがみ》くんの目《め》は、わたしに一生懸命《いっしょうけんめい》、訴《うった》えかけてくる。

ちゃんと聞《き》いてほしいって、ひたむきに見《み》つめてくる。

でもその心配《しんぱい》が、みずきちゃんのコトっていうのが、困《こま》るんだよ。

わたしは、彼女《かのじょ》がくれた手首《てくび》の水色《みずいろ》のリボンに目《め》を落《お》とした。

友達《ともだち》を——みずきちゃんを突《つ》きはなすなんて、できない……。

みずきちゃん、ゼッタイ傷《きず》つくだろうし。

わたしだって、またひとりぼっちになるの、イヤだもの。

「——モモちゃん？」

教室《きょうしつ》から、当《とう》のみずきちゃんがピョコッと頭《あたま》を出《だ》した。

わたしと同《おな》じ髪型《かみがた》。同《おな》じヘアゴム……。

みずきちゃんは、わたしと矢神《やがみ》くんをフシギそうに見比《みくら》べて、「どうしたのっ？」って、あどけなく笑《わら》う。

「……なんでもない」

矢神《やがみ》くんは段《だん》ボールを持《も》ちあげて、今度《こんど》こそ、教室《きょうしつ》に入《はい》ってく。

みずきちゃんの矢神《やがみ》くんを見送《みおく》る目《め》が、すごく……冷《つめ》たい。

すれ違《ちが》いざまに、矢神《やがみ》くんは小《ちい》さい声《こえ》でささやいた。

——**ト・ウ・カ**。

……桃花《とうか》？

そう言《い》った？　桃花《とうか》が、なに？

わたしはスカートのポケットに、そっと手《て》を忍《しの》ばせた。

いつもポケットに入《い》れてる、桃花《とうか》――ミコトバヅカイの筆《ふで》。

――もしかして。

桃花《とうか》の軸《じく》を、ぎゅっとにぎりこんだ。

「……やっぱ矢神《やがみ》くんって、モモちゃんと仲《なか》いいよね」

げほっ。

思《おも》わずムセこんで、目《め》をうたがった。

今《いま》、みずきちゃんの口《くち》から、黒《くろ》いケムリが噴《ふ》きだした……!?

桃花《とうか》を持《も》つまで気《き》づかなかったけど、みずきちゃんの周《まわ》り、黒《くろ》いケムリも、甘《あま》ったるいニオイも充満《じゅうまん》してる……！

………これって、邪気《じゃき》だ。

マガゴトを使《つか》うと、人間《にんげん》から出《で》てきちゃう、悪《わる》いケムリ。

どうして――？

みずきちゃん、別《べつ》に悪口《わるくち》とか言《い》ってなかったよね!?

——おまえにとって心地《ここち》いい言葉《ことば》でも、そこにマイナスの気持《きも》ちがこもってるなら、それはマガゴトになる。


そうだ。ついさっき、矢神《やがみ》くんが言《い》ってた。

みずきちゃんが口《くち》にしたのは、表面上《ひょうめんじょう》はふつうの言葉《ことば》。

でも、そこにマイナスの気持《きも》ちがこもってたら……、邪気《じゃき》は、出《で》てくるんだ。

背《せ》すじが冷《つめ》たくなった。

みずきちゃん、もう、全身《ぜんしん》が見《み》えづらいくらいに、邪気《じゃき》をまとわりつかせてる。

——もしかして、このままじゃ、マガツ鬼《き》が集《あつ》まってきちゃうんじゃ!?


マガツ鬼《き》は、人間《にんげん》の発《はっ》する邪気《じゃき》が大好物《だいこうぶつ》。

だからマガツ鬼《き》は、邪気《じゃき》をとろうとねらった人間《にんげん》に、呪《のろ》いの名前《なまえ》の術《じゅつ》をかけるの。

その人間《にんげん》に呪《のろ》いの名前《なまえ》——その人《ひと》の悪《わる》いところを由来《ゆらい》にした名前《なまえ》をつけて、それを書《か》いた黒札《くろふだ》を、こっそり貼《は》りつける。

黒札《くろふだ》を貼《は》られちゃうと、そのヒトはもう、マガツ鬼《き》のオモチャ。あやつり人形《にんぎょう》になってしまう。

そうなると、どんどんマガゴトを使《つか》うように誘導《ゆうどう》されて——、たくさん、邪気《じゃき》が出《で》てくるようになって……。

増《ふ》やした邪気《じゃき》は、マガツ鬼《き》のおいしいオヤツにされちゃうんだ。

しかも、邪気《じゃき》をぜんぶ食《た》べつくされたら、そのヒトは、ホントに死《し》んじゃう……！

この前《まえ》のマガツ鬼《き》にねらわれたリオも、入院《にゅういん》したくらい危《あぶ》ないところだった。

もしみずきちゃんが、リオみたいになっちゃったら……。

マガツ鬼《き》にあやつられてたときの、あのリオの青《あお》ざめた苦《くる》しげな顔《かお》。

みずきちゃんまで、あんなヒドい目《め》にあわされて、それで、もしも死《し》んじゃうようなコトになったら……！

そ、そんなのダメだよ！

友達《ともだち》が苦《くる》しむのなんて、ゼッタイいやだ！

ここまで気《き》づかないなんて、わたしのバカッ！

はやくみずきちゃんに、マガゴト使《つか》うのやめさせなきゃ！

「みっ、みずきちゃん！」

血相《けっそう》を変《か》えたわたしに、なぜかみずきちゃんはニコッとほほえみかけてきた。

「――みずき、知《し》ってるんだ」

「……えっ？　な、なにを？」

「モモちゃんと矢神《やがみ》くん。朝《あさ》、よく二人《ふたり》で途中《とちゅう》まで、一緒《いっしょ》に登校《とうこう》してきてるでしょ？」

「……えっ」

心臓《しんぞう》がブルッとふるえた。

みずきちゃんは、くちびるを笑《え》みのかたちにゆがませる。

「大丈夫《だいじょうぶ》、モモちゃん。そんな顔《かお》しないで？――みずき、モモちゃんのミカタだもん。みんなには、だまっといてあげるからね。だって、友達《ともだち》だもんね？」

みずきちゃんの体《からだ》から、ひときわ濃《こ》い邪気《じゃき》が、ねばりつくように立《た》ちのぼった。

6 人気《にんき》モノのヒケツ

下校時刻《げこうじこく》を告《つ》げるチャイムが、夕暮《ゆうぐ》れの校舎《こうしゃ》にひびきわたった。

わたしはろうかを小走《こばし》りに駆《か》けていく。

——みんなもう、帰《かえ》っちゃっただろうな。

わたし、あの後《あと》すぐ、先生《せんせい》に生物委員会《せいぶついいんかい》の仕事《しごと》で呼《よ》ばれて、もどるのおそくなっちゃったんだ。

みずきちゃんとも、あれから話《はな》せてないまま。

……みずきちゃんの使《つか》ってるマガゴトって、一体《いったい》どういうことなんだろう。

リオの時《とき》みたいな、あからさまな悪口《わるくち》じゃない。

ただ聞《き》いてるだけじゃ、マガゴトだってわからなかった。

みずきちゃんの心《こころ》の中《なか》で、なにがマイナスに働《はたら》いてるのか、それをちゃんと理解《りかい》しないと、きっと止《と》めようがない……。

もんもんと考《かんが》えてるうちに、五年二組《ねんくみ》の前《まえ》に到着《とうちゃく》した。

入《い》り口《ぐち》に、「呪《のろ》われた迷宮《めいきゅう》」のカンバン。

真《ま》っ黒《くろ》い天幕《てんまく》の向《む》こうには、もうヒトの気配《けはい》はない。

だれもいない、放課後《ほうかご》の教室《きょうしつ》――。

しかも、オバケ屋敷仕様《やしきしよう》……。

……うっ。

わたしの足《あし》は、ドアの前《まえ》でぴたりと止《と》まった。

中《なか》にカバンがあるから、入《はい》らなきゃ帰《かえ》れない。

自分《じぶん》たちで作《つく》ったオバケしかないの、わかってはいるんだけど……。

オバケ屋敷《やしき》ってホンモノも集《あつ》まるって言《い》うじゃない？

……………いたら、どうしよう。

窓《まど》から差《さ》しこむ日《ひ》ざしは、もうオレンジ色《いろ》で。

ろうかの先《さき》の非常灯《ひじょうとう》は、薄闇《うすやみ》の中《なか》、ぼうっと光《ひか》ってる。

どくん、どくんと心臓《しんぞう》が脈打《みゃくう》ちだした。

わたしは、いるかもしれないダレかに気《き》づかれないよう、入《い》り口《ぐち》の天幕《てんまく》をめくって、そうっと、

そうっと、中《なか》に入《はい》る。
し～～んと静《しず》まりかえった教室《きょうしつ》。
目《め》の前《まえ》につづく迷路《めいろ》の先《さき》は、もう真《ま》っ暗《くら》。なんにも見《み》えない。
カバンが置《お》いてあるのは、迷路《めいろ》の奥《おく》のほう。窓《まど》ぎわのスミにある、ひかえ室《しつ》。
そこまでわたし、ひとりで行《い》かなきゃいけないんだっ。
………で、電気《でんき》をつけよう！
え、ええと、スイッチはどこだっけ。
後《うし》ろ手《で》にカベをさがすと――、
――なにか、もさっとフシギな感触《かんしょく》。
…………え？
ゆるりゆるりと首《くび》をめぐらすと、わたしの手《て》は、黒《くろ》い髪《かみ》の毛《け》をつかんでた。
人間《にんげん》の、頭《あたま》。でもその下《した》は、なんにもない。首《くび》だけ。
――――!!
口《くち》から血《ち》をたらした、ザンバラ髪《がみ》の生首《なまくび》が、そこに浮《う》いてる……っ!!
ぶわっと冷《ひ》やアセがふきだした。

——おおおお落《お》ち着《つ》いて、わたし！
こここれ、あれ、ええと、そう！　他《ほか》の班《はん》のコたちが作《つく》ってたじゃない！
よく見《み》れば、ピアノ線《せん》で吊《つ》ってあるし！
ニセモノのマネキンだし!!
は、はははっ。な〜〜んだっ。
乾《かわ》いた笑《わら》いを浮《う》かべながら、わたしは後《あと》ずさる。
その足《あし》が、なにかグニッとふんづけた。
ハッと視線《しせん》をおとすと、足《あし》もとに、目玉《めだま》……！
無数《むすう》の目玉《めだま》がゴロゴロ床一面《ゆかいちめん》に転《ころ》がってる……！
——っ!!
よろめいて、カベに肩《かた》がぶつかった。
……ううん、カベじゃないかも。もっと……やわらかい感触《かんしょく》。生《い》き物《もの》みたいな。
ダレもいないはずの、この教室《きょうしつ》に……。
も、もうヤダッ。
涙目《なみだめ》でふりかえった——そこに。

目《め》を見開《みひら》いて、髪《かみ》の毛《け》をもつれさせた、男《おとこ》のヒト——!!

「いやあああああああっ!!」

「きゃあああああああああっ!!」

全身《ぜんしん》の毛《け》が逆立《さかだ》った!

悲鳴《ひめい》をあげて、わたしは後《うし》ろに飛《と》びすさる。

——と、その相手《あいて》の幽霊《ゆうれい》も、後《うし》ろに飛《と》びのいた。

…………え?

きゃあああって——、女《おんな》の子《こ》の声《こえ》?

——落《お》ち着《つ》いてよくよく見《み》てみたら、ソレは、人面犬《じんめんけん》のぬいぐるみを抱《だ》きかかえた……リオだった。

おたがい冷《ひ》やアセをダラダラ流《なが》しながら、見《み》つめあうこと、しばし——。

「モッ、モモッ! いきなり声《こえ》あげないでよ! 超《ちょう》びっくりした! 死《し》ぬかと思《おも》った!」

「わ、わたし、それ、ホンモノかと思《おも》って……っ」

はあああ、と深《ふか》く息《いき》をついて、二人《ふたり》とも床《ゆか》にくずれおちる。

よかった。ホンモノのオバケじゃなくて、ホントによかった……。

床一面《ゆかいちめん》の目玉《めだま》も、手《て》に取《と》ってみれば、正体《しょうたい》はなんのことはない、大量《たいりょう》のピンポン玉《だま》だった。

「リ、リオッ、まだいたの？　ひとりだけ？」

よくひとりっきりで、こんなオバケ屋敷《やしき》の中《なか》にいられたなぁ。

感心《かんしん》しながら言《い》うと、リオは抱《だ》きかかえてる人面犬《じんめんけん》の顔《かお》を、こっちに向《む》けた。

――あれ？

作《つく》ってた時《とき》と、ちょっと違《ちが》う？

「一回《いっかい》、途中《とちゅう》まで帰《かえ》ったんだけどね。人面犬《じんめんけん》、ちょっとハクリョク足《た》りないかなあって思《おも》って。お面《めん》のトコ、写真《しゃしん》ってスグわかっちゃうじゃん？　だからさ、黒《くろ》い毛糸《けいと》で髪《かみ》の毛《け》の部分《ぶぶん》作《つく》ってあげれば、もっとリアルに見《み》えるかなって思《おも》いついて」

確《たし》かに髪《かみ》が立体的《りったいてき》だと、よけいにホンモノっぽい！

だってわたし、すっごいコワかったもん！

「リアルすぎるくらいだよっ。リオ、そのために、わざわざ戻《もど》ってきたのっ？」

「うん」

リオは立《た》ちあがりながら、わたしの手《て》を引《ひ》っぱりあげてくれた。

「ほら、アタシ、オバケ屋敷《やしき》の言《い》いだしっぺだから。やれることは全力《ぜんりょく》でやらなきゃ。明日《あした》の学《がく》園祭《えんさい》、ゼッタイ成功《せいこう》させるからね！」

自信《じしん》マンマンって顔《かお》で拳《こぶし》をにぎるリオ。

……リオって、カッコいいなぁ。

ヒトの見《み》てないところでも、こうやって一人《ひとり》だけで居残《いのこ》りしちゃうくらい、クラスのことを考《かんが》えて、行動《こうどう》に移《うつ》してくれる。

だからみんな、リオっていうリーダーについていこうって気《き》になるんだ。

「それにさ、実《じつ》は美香子《みかこ》ってコワいの苦手《にがて》なんだよね。美香子《みかこ》の前《まえ》でオバケ作《つく》りこむと、おびえちゃってかわいそうだから」

「えっ、武田《たけだ》さんが？」

武田《たけだ》さん、全然《ぜんぜん》そんな、コワがってるふうには見《み》えなかったけど……。

首《くび》をひねると、リオは苦笑《にがわら》いを浮《う》かべた。

「美香子《みかこ》ってゼッタイ弱音《よわね》はかないんだよ。弱《よわ》いとこ見《み》せんのキライだから。……でも、入《い》り口《ぐち》の生首作《なまくびつく》ってるときなんて直視《ちょくし》できなくって、コワいの隠《かく》してるつもりなんだろうけど、すっごい目《め》が泳《およ》いでんの。だから、あんまりムリさせたらかわいそうだなあって」

「……そうだったんだ」

もしかしてリオ、一回帰《いっかいかえ》るフリして、さきに武田《たけだ》さんを帰《かえ》らせてあげたのかな。

「で、これ。もうひとりのコワがりさんに、持《も》ってきてあげたんだけど」

リオは床《ゆか》に落《お》ちてたカバンを拾《ひろ》って、ずいっとわたしに差《さ》しだした。

――フデマメくんのキーホルダーがついてる。

これ、わたしのカバンだ。

「ホントは職員室《しょくいんしつ》まで持《も》ってってあげようと思《おも》ったんだけど、アンタ急《きゅう》に入《はい》ってきて驚《おどろ》かせるからさ。思《おも》わずほうり投《な》げちゃったよ。壊《こわ》れるモノ入《はい》ってなかった？」

「…………大丈夫《だいじょうぶ》。ありがとう、リオ」

リオ、わたしのために、わざわざ届《とど》けようとしてくれたの？

カバンを受《う》けとりながら、胸《むね》がじ～～んとあったかくなった。

みずきちゃんのこととか羽柴《はしば》さんのこととか、モヤモヤしてた気持《きも》ちが、リオの優《やさ》しさで溶《と》かされていくみたい。

――リオって、すごいなぁ。

仲《なか》よしの武田《たけだ》さんのコトだけじゃない。わたしのコトまですごくよく見《み》てくれて、わかってくれてる。それで、さりげなく気《き》を回《まわ》してくれて――。

わたし、リオのこういうところ、すごいと思《おも》うし、大好《だいす》きだ。

――リオに友達《ともだち》いっぱいいるのって、こうやって、だれに対《たい》しても正面《しょうめん》からシンケンに向《む》き合《あ》って、理解《りかい》しようとしてくれるから、だよね。

それに引《ひ》きかえ、わたしって…………。

わたし、親友《しんゆう》ができないとか落《お》ちこんでたけど、友達《ともだち》つくるための努力《どりょく》なんて、何《なん》にもしてなかったかも。

前《まえ》にリオが誘《さそ》ってくれたときも、めだちたくないからなんて、断《ことわ》っちゃったし。

自分《じぶん》は何《なん》にもしないで、ただ、周《まわ》りから友達《ともだち》が寄《よ》ってきてくれるのを待《ま》ってただけだった。

みずきちゃんとは偶然《ぐうぜん》、書道教室《しょどうきょうしつ》をきっかけに仲良《なかよ》くなれたけど。

「……でも、わたし、ずっとこのままじゃ、ダメだよね」

ぽそっとつぶやくと、リオが首《くび》をかしげた。

「何《なに》か言《い》った？」

「――ううん」わたしは首《くび》を横《よこ》にふる。

「リオ！　わたし、オバケ屋敷《やしき》のチラシ作《つく》っていいっ？　筆文字《ふでもじ》でおどろおどろしく書《か》けば、雰《ふん》囲気《いき》でると思《おも》うんだ」

「いいね、それ！　モモの特技《とくぎ》の活《い》かしどころだよ！」

パッと明《あか》るく笑《わら》ってくれたリオに、わたしはうなずく。

わたしも、周《まわ》りに好《す》きになってもらえるように、リオを見習《みなら》って、少《すこ》しずつでもがんばろう。

「ええっと、筆《ふで》は桃花《とうか》でいいとして……、墨《すみ》は書道部《しょどうぶ》から借《か》りてくるしかないかな。わたし、ちょっと行《い》ってくるね」

くるっと方向転換《ほうこうてんかん》したとたん、どんっと何《なに》かに衝突《しょうとつ》した。

見《み》あげれば、わがクラスきってのイケメンが、そこに立《た》っていた。

資材《しざい》を片《かた》づけに行《い》ってたのかな。畳《たた》んだ段《だん》ボールを片方《かたほう》の腕《うで》にかかえてる。

「どこ行《い》くんだよ、モモ。おまえの使《つか》う墨《すみ》は、おれのだけ——だろ？」

お役目用《やくめよう》のお道具《どうぐ》ケースから墨《すみ》ツボを取《と》りだして、矢神《やがみ》くんは、唇《くちびる》のはしっこを持《も》ちあげた。


わたしと矢神《やがみ》くんは、チラシづくり。

なんと、放課後《ほうかご》の見《み》まわりにきた宇田川《うだがわ》さんまで残《のこ》ってくれて、今《いま》はリオといっしょに、あっちこっちにスタンバイしてあるオバケの最終確認《さいしゅうかくにん》をしてくれてる。

わたしは、わざとシワクチャにした半紙《はんし》に、**「恐怖《きょうふ》！　呪《のろ》われた迷宮《めいきゅう》　五年《ねん》二組《くみ》に迷《まよ》いこめ……」**って、一枚《まい》一枚《まい》書《か》きつけていく。

コピー機《き》を借《か》りれば早《はや》いんだけど、それじゃ居残《いのこ》りしてるの先生《せんせい》にバレちゃうから、ここは手作業《てさぎょう》で一枚《まい》ずつがんばるしかない。

これがかえって大当《おおあ》たりで、手書《てが》き文字《もじ》で雰《ふん》囲気《いき》がでて、イイかんじ！

矢神《やがみ》くんはわたしのとなりで小筆《こふで》を手《て》に、余《よ》白《はく》にイラストを描《か》いてくれてる。

矢神《やがみ》くん、職人《しょくにん》さんで手先《てさき》が器用《きよう》だから、きっと絵《え》も上手《じょうず》なんだろうな。

と思《おも》って、ちらっと彼《かれ》の手《て》もとを見《み》やったわたしは、

「ええっ!?」

目《め》をうたがった。

なんだろう、コレ。へ、ヘビ？

余白《よはく》にのたうってるのは、奇怪《きかい》なイキモノ。

横《よこ》に長《なが》～い丸《まる》の中《なか》に、逆三角形《ぎゃくさんかくけい》の——おそらくは、目《め》——が、ひとつ。

たぶんその下《した》にある点《てん》二つは、鼻《はな》の穴《あな》なんだと思《おも》う。

で、なぜかその丸《まる》の下《した》に、四本《ほん》の足《あし》らしきものが、あっちこっちへ自由《じゆう》ほんぽうに伸《の》びている。

ゆっ、ゆるすぎる……っ。

さっき矢神《やがみ》くん、「オバケの絵《え》を描《か》く」って言《い》ってたよね……。

もしかしてこれ、オバケなのかな……。

わたしが絶句《ぜっく》してると、矢神《やがみ》くんは手近《てぢか》にあったクレヨンを取《と》って、ソレに赤《あか》い色《いろ》をぬりたくりはじめた。

「……ちょっ、矢神《やがみ》くん」

「ん？」

見《み》れば、彼《かれ》のイスのまわりには、今《いま》までわたしが書《か》きあげた半紙《はんし》が並《なら》べてあって。

その全部《ぜんぶ》に、同《おな》じオバケ（たぶん）のイラストが描《か》きこんであった。

「これ、コワいだろ？」

そんなとびっきりの笑顔《えがお》で聞《き》かれても。

……人間《にんげん》、どっかに弱点《じゃくてん》はかならずあるモノなんだね。


そんなこんなで、全部《ぜんぶ》が片《かた》づいたときには、もう日《ひ》はとっぷり沈《しず》んで、時計《とけい》の針《はり》は七時《じ》を回《まわ》ってた。

先生《せんせい》に見《み》つからないように、みんなでコソコソ、昇降口《しょうこうぐち》までおりてきて。

校門《こうもん》の前《まえ》で、リオと宇田川《うだがわ》さんと別《わか》れようとしたとき。

「コラッ！　こんな時間《じかん》まで残《のこ》ってるのはダレだっ！」

って、後《うし》ろから先生《せんせい》の声《こえ》!!

あわてて走《はし》って逃《に》げて、矢神《やがみ》くんと学校裏《がっこううら》の小道《こみち》に逃《に》げこんだ。

冷《ひ》やアセだくだくで、ふたり顔《かお》を見合《みあ》わせて——。

くすくす笑《わら》いあった。

「……わたし、先生《せんせい》に追《お》いかけられるなんて初《はじ》めて」

「おれもだよ。途中《とちゅう》でモモがコケたらどうしようかと思《おも》った。おまえ運動《うんどう》オンチだから」

「うっ。そしたら見捨《みす》てて先行《さきい》ってくれて構《かま》わないです……」

思《おも》わず、うなだれちゃう。

そしたら、

「見《み》すてて行《い》けるかよ。主《あるじ》さまを」

当然《とうぜん》だ、という口調《くちょう》で矢神《やがみ》くんが言《い》った。

わたしは顔《かお》をあげて、まじまじと彼《かれ》を見《み》つめた。

矢神《やがみ》くんはウソがきらいでホントのことしか言《い》わないから、きっとホントにそう思《おも》ってるんだろうな……。

なんかちょっと照《て》れくさくって、いたたまれない。

——矢神《やがみ》くんは「じゃあ、帰《かえ》るか」って、ぶっきらぼうな横顔《よこがお》でカバンを持《も》ちなおす。

わたしたちは、すっかり暗《くら》くなってしまった帰《かえ》り道《みち》を歩《ある》きだした。

「そうだ、モモ。明日《あした》、オバケ役《やく》のシフト何時《なんじ》からだ？」

「ええと、十時《じ》から十一時《じ》だったかな」

「一番目《ばんめ》か。そのあとは確《たし》か、演劇部《えんげきぶ》の公演《こうえん》で一時間休憩《じかんきゅうけい》が入《はい》るんだよな。そうしたら、昼《ひる》から二人《ふたり》で学校《がっこう》まわらないか？」

矢神《やがみ》くんは、いたってマジメな面持《おもも》ちで、となりのわたしを見《み》おろす。

そ、それって、二人《ふたり》で屋台《やたい》まわったり、出《だ》しものを観《み》にいったりするってことっ？

「えっ……、なっ、なんで!?」

「お役目《やくめ》のパトロールだよ。前《まえ》にも言《い》ったろ。『人《ひと》の集《あつ》まるところにマガツ鬼《き》あり』。集《あつ》まる人間《にんげん》が増《ふ》えるほど、邪気《じゃき》がたまる。そうしたらマガツ鬼《き》も邪気《じゃき》におびきよせられて、出《で》てきやすい」

なるほど、パトロールか。

なら、しかたないや。うん、わかった。

…………なんて、言《い》えるわけないじゃん!!

学園祭《がくえんさい》で、二人《ふたり》っきりでまわってる男女《だんじょ》なんていたら、それはもうカップルですって宣伝《せんでん》して歩《ある》いてるようなもんでしょ!?

わたし、矢神《やがみ》くんファンクラブに暗殺《あんさつ》される……!!

矢神《やがみ》くんとはお役目《やくめ》のパートナーってだけで、好《す》きとかじゃないし！

そもそもわたしが相手《あいて》なんて、つりあわなすぎて申《もう》しわけないくらいだし！

「むむむむりむりっ!!」

両手《りょうて》をぶんぶん振《ふ》るわたしを、矢神《やがみ》くんが、じとっとした目《め》で見《み》おろしてくる。

「あーるーじーさま」

「――だって！　今回《こんかい》はお面《めん》とかで顔《かお》かくせないんだよ!?」

「主《あるじ》さま、お役目《やくめ》でございます」

「…………はい」

有無《うむ》を言《い》わせぬハクリョク。

ついうなずいてしまった。

「で、でもっ！　昼間《ひるま》なんてめだちすぎるから、二人《ふたり》でまわるのは、せめて後夜祭《こうやさい》のときにしよう？　それなら薄暗《うすぐら》いからバレにくいし、全校生徒《ぜんこうせいと》参加《さんか》するだろうし、問題《もんだい》ないでしょっ？」

「……まあ、いいだろう」

しかたないなぁって顔《かお》で首《くび》をタテにふる矢神《やがみ》くん。

――いったい、どっちが主《あるじ》さまなのよ！

「けど、それまで牧野《まきの》の動《うご》きには充分注意《じゅうぶんちゅうい》しておけよ」

「――みずきちゃんの？」

「あいつ、マガツ鬼《き》にねらわれてもおかしくないくらいの邪気《じゃき》が出《で》てる。……モモも見《み》ただろ」

「…………うん」

みずきちゃんを、マガツ鬼《き》から守《まも》らなくちゃ。

リオのときみたいに鬼《おに》のあやつり人形《にんぎょう》になんてされたら――。

わたしの友達《ともだち》を、ゼッタイそんな目《め》にあわせたくない……！

わたしはポケットの中《なか》の桃花《とうか》を、上《うえ》からぎゅっとにぎりしめた。

7 いざ、学園祭《がくえんさい》！

「五年《ねん》二組《くみ》〜〜、呪《のろ》われた迷宮《めいきゅう》へようこそ〜〜〜」

呼《よ》びこみの係《かかり》のコが、入《い》り口《ぐち》でお客《きゃく》さんを集《あつ》めはじめた。

わたしは迷路《めいろ》の中《なか》で、オバケの係《かかり》！

よしっ、がんばろうっ！

こういう裏方仕事《うらかたしごと》なら、わたしもみんなの役《やく》に立《た》てるはず。

ヤル気《き》まんまんで、ひかえ室《しつ》に入《はい》ったら、

「モーモーちゃんっ」

後《うし》ろから、甘《あま》いひびきのゲンキな声《こえ》がかかった。

ふりかえって――、一瞬《いっしゅん》動《うご》きが止《と》まっちゃった。

朝一番《あさいちばん》に見《み》たときもビックリしたけど……。

今日《きょう》のみずきちゃん、髪型《かみがた》ももちろん、二《ふた》つ結《むす》びのゴムもわたしと一緒《いっしょ》だし、毎日使《まいにちつか》ってる、前髪《まえがみ》をとめたお団子《だんご》ピンまでおソロい。
これ、実《じつ》はわたしの手作《てづく》りだから、どこかに売《う》ってるハズないんだけど……。
みずきちゃん、マネして自分《じぶん》で作《つく》ってきたんだって。
——つまり、今日《きょう》のみずきちゃんは、わたしとまるでソックリの格好《かっこう》。
背《せ》の高《たか》さがちがうくらいで、後《うし》ろから見《み》たら、どっちがどっちか分《わ》かんないかも。
先生《せんせい》にまで、「双子《ふたご》みたいだなぁ」って笑《わら》われちゃった。
ちょっとワルめだちしてる気《き》がするんだけど……。
でも、みずきちゃんの、相変《あいか》わらずのムジャキさ。
まだ呪《のろ》いの名前《なまえ》の黒札《くろふだ》は貼《は》られてないのかもって、ちょっとホッとした。

——わたしたちは迷路《めいろ》の途中《とちゅう》、担当《たんとう》のエリアに入《はい》った。
ここは、迷路《めいろ》の出口《でぐち》の近《ちか》く。
窓《まど》ぎわに障子《しょうじ》がずらっと立《た》てかけてあって、わたしたちはその裏《うら》に入《はい》る。
カランカラーン。
入《い》り口《ぐち》のベルの音《おと》。お客《きゃく》さんが入《はい》ってきた合図《あいず》だ。

「うわあっ！」

早速《さっそく》、女《おんな》の子《こ》の悲鳴《ひめい》が聞《き》こえてきた。

あの生首《なまくび》が、おでむかえしたんだろう。昨日《きのう》、わたしがぎょっとさせられたヤツ。

「ひええっ！」

「いやあっ、目玉《めだま》っ!?」

悲鳴《ひめい》は、だんだん近《ちか》づいてくる。

お次《つぎ》は、バサバサバサッと効果音《こうかおん》とともに、天井《てんじょう》から吊《つ》るしたコウモリが、お客《きゃく》さんの頭《あたま》スレスレを飛《と》んでいく。

その後《あと》もガイコツとか人面犬《じんめんけん》とかが、ひっきりなしに驚《おどろ》かせにいっちゃうんだ。

「ぎゃああ！　来《こ》ないでぇぇ！」

あの絶叫《ぜっきょう》はたぶん、百目《ひゃくめ》に追《お》いかけられてる。

百目《ひゃくめ》の中《なか》、クラスの男子《だんし》が入《はい》ってて。ホントに走《はし》って追《お》っかけてくるんだよ……！

――そ、そろそろ、こっちに来《く》るっ！

わたしとみずきちゃんは、障子《しょうじ》のカゲで、息《いき》をひそめてスタンバイ。

障子《しょうじ》の穴《あな》から、ドキドキ外《そと》をうかがってみた。

暗《くら》がりの角《かど》のむこう。制服《せいふく》の女《おんな》の子《こ》が二人《ふたり》、ためらいながら、こっちに歩《ある》いてくる。

目《め》の前《まえ》にスカートがひらっと揺《ゆ》れた、その時《とき》。

――よ、よしっ！　今《いま》だ！　せーのっ！

みずきちゃんと呼吸《こきゅう》を合《あ》わせて、

ズボッ!!


思《おも》いっきり、障子《しょうじ》の穴《あな》から両手《りょうて》を突《つ》きだした！

「ぎゃあああ！」

「ひゃあああ！」

お客《きゃく》さんはスッゴイ金切《かなき》り声《ごえ》をあげて逃《に》げていく。

――成功《せいこう》だぁ！

わたしたちは口元《くちもと》に人《ひと》さし指《ゆび》をあてて、ちっちゃく、フフフッて笑《わら》いあった。


ちょうど、一時間《じかん》くらい経《た》ったかな。

お客《きゃく》さんの波《なみ》が過《す》ぎたのか、出番《でばん》も落《お》ちついてきた。

「おつかれさま～！」

入《い》り口《ぐち》のほうから、宇田川《うだがわ》さんの声《こえ》だ。

「今《いま》のシフトの人《ひと》たち、終了《しゅうりょう》でーす。これから一時間《じかん》、休憩《きゅうけい》になるので、演劇部《えんげきぶ》の公演《こうえん》を観《み》にいくヒトは、体育館《たいいくかん》に移動《いどう》してくださーい」

どやどやと、オバケ係《がかり》のコたちが外《そと》に出《で》ていく気配《けはい》。

「みずきちゃん、わたしたちも観《み》にいく？　男女逆転《だんじょぎゃくてん》シンデレラって、おもしろそうだよね」

ふりかえったら、行灯《あんどん》のぼんやりした光《ひかり》の中《なか》で、みずきちゃんがわたしの足《あし》もとを、じぃっと見《み》つめてた。

「な、なに？　どうかした？」

「………モモちゃんさあ」

すごく怒《おこ》った声《こえ》。

「みずき、ゼッタイ白《しろ》いフリルの靴下《くつした》はいてきてって言《い》ったのに。なんで違《ちが》うのはいてきたの？　三《み》つ折《お》りのなんて、聞《き》いてない」

「みずきちゃん」

「それに、なんで今日《きょう》、わたしがあげた水色《みずいろ》のリボンしてないの。なんで？」

目《め》の奥《おく》に、とがった光《ひかり》。

――なんでって……。

……わたし、昨日《きのう》のリオを見《み》てて思《おも》ったんだ。

リオは、クラスのコたちと心《こころ》を通《かよ》わすために、一生懸命《いっしょうけんめい》、努力《どりょく》してる。

リオは、友達《ともだち》のことをすごくよく見《み》てて、なにも言《い》わずに支《ささ》えてくれる。

そういうリオとちがって――、わたしとみずきちゃんの関係《かんけい》って、ホントの友達《ともだち》じゃないんじゃないかって……。

「ひとりになりたくない」って気持《きも》ちが同《おな》じだったから、おたがいの存在《そんざい》に安心《あんしん》してたけど、ただそれだけだった。

おソロいのモノ、おソロいの服《ふく》で固《かた》めて、「同《おな》じだね。だから友達《ともだち》だよね」って言《い》ってるだけ。

……でも、それって、すごくカタチだけのきずなだよね。

心《こころ》の部分《ぶぶん》では、ちゃんと向《む》きあってない。

だから、――だからずっと一緒《いっしょ》にいても、「ホントに仲良《なかよ》しなんだよね?」って不安《ふあん》になっちゃうんだ。

その不安《ふあん》が大《おお》きくなりすぎて、「他《ほか》のコは近《ちか》よらないで!」って思《おも》うようになっちゃって――。

そんなマイナスの気持《きも》ちが、みずきちゃんの言葉《ことば》に、マガゴトとしてにじみ出《で》てきてたんじゃないかな。

「…………ねぇ、みずきちゃん」

たぶん、ホントに友達《ともだち》になるためには、もっと心《こころ》の部分《ぶぶん》で通《つう》じあえるようにならなきゃいけないんだ。

そのためには、わたしの気持《きも》ちも、伝《つた》えていかなきゃだよね。

ホントはわたし、毎日《まいにち》ぜんぶ一緒《いっしょ》のかっこうとか、持《も》ち物《もの》もぜーんぶ同《おな》じとか……やりすぎだと思《おも》うし、そんなにうれしくない…………。

みずきちゃんが喜《よろこ》んでくれるならって思《おも》ってたけど。

でも、ごまかさないで、みずきちゃんにわたしの本音《ほんね》、知《し》ってもらわなくちゃ。

みずきちゃんが怒《おこ》っても、イヤな顔《かお》しても、しょうがない。

ケンカになっても、ここを乗《の》りこえないと。

……わたし、みずきちゃんとホントの友達《ともだち》になりたい。だから、勇気《ゆうき》をださなきゃ。

ドキドキしながら、わたしは震《ふる》える唇《くちびる》を開《ひら》いた。

「みずきちゃん、あのね。もうこういうの、やめよう？」

「…………モモちゃん？」

「全部《ぜんぶ》おソロとか、ずうっとベッタリとか、そういうのだけが友達《ともだち》じゃないと思《おも》うの」

薄暗《うすぐら》いあかりの中《なか》でも、みずきちゃんがサッと青《あお》くなるのがわかった。

「…………それって、みずきをキライってイミ？」

「ちっ、ちがうよ！　逆《ぎゃく》なの！　ええっと、わたしは、ええと……っ」

みずきちゃんの傷《きず》ついた顔《かお》を見《み》たら、胸《むね》が痛《いた》くなっちゃって、うまく言葉《ことば》が出《で》てこない。

「……ひどい」

みずきちゃんは肩《かた》をぶるぶるさせた。

大《おお》きな瞳《ひとみ》に、みるみる涙《なみだ》がたまっていく。

……どうしよう、泣《な》かせちゃった！

「モモちゃんの裏切《うらぎ》りモノ！」

みずきちゃんは障子《しょうじ》のカゲから飛《と》びだして、走《はし》りだした。

「みずきちゃん、待《ま》って！」

わたしはあわてて、みずきちゃんの後《あと》を追《お》いかけた。

8　みずき大暴走《だいぼうそう》！

「待《ま》って！　みずきちゃん！」

みずきちゃんの小《ちい》さな背中《せなか》は、オバケ屋敷《やしき》の迷路《めいろ》のおくに逃《に》げていっちゃう。

段《だん》ボール製《せい》のせまい通路《つうろ》をバタバタと、わたしも必死《ひっし》に追《お》いかける。

ちょうどお客《きゃく》さんのいないタイミングでよかった。

「みずきちゃん！」

ふりかえってくれない。

わたしと同《おな》じ二《ふた》つ結《むす》びの髪《かみ》のしっぽが、薄暗《うすくら》がりの中《なか》、迷路《めいろ》の角《かど》を曲《ま》がった。

それを追《お》って、わたしも右《みぎ》の道《みち》に走《はし》りこむ！

とたん――、ぐにっとやわらかいモノをふんづけた。

「ひゃっ!?」

足《あし》もと、真《ま》っ暗《くら》でよく見《み》えないけどっ、な、なにっ？

ピンポン玉《だま》で作《つく》った目玉《めだま》じゃない。

もっと長《なが》くて、厚《あつ》みのある——、生々《なまなま》しいふみごたえ。

ゆっくりゆっくり視線《しせん》をあげると……、
なにかがわたしの目《め》の前《まえ》に、立《た》ちはだかってる。

教室《きょうしつ》の中《なか》に大木《たいぼく》が生《は》えたのかっていうくらい、背《せ》の高《たか》い、なにか。

わたしはギクッと固《かた》まった。

頭《あたま》のすぐ上《うえ》に、光《ひか》る二つの目玉《めだま》がある。

そしてニョロリと細長《ほそなが》い、からだ。

「ヘッ、ヘッ、ヘビ——!?」

そこにいたのは、ありえないくらい巨大《きょだい》な、教室《きょうしつ》の天井《てんじょう》に届《とど》くほどの大蛇《だいじゃ》……!

でも——。

「そうだ。ここ、オバケ屋敷《やしき》だもんね。大蛇《だいじゃ》がいたってフシギじゃないし!」

そう、フシギじゃ……?

「って、わたしたち、大蛇《だいじゃ》なんて作《つく》ってない!」

シュルシュルと妙《みょう》な音《おと》がしたと思《おも》ったら、ほっぺたに生《なま》あたたかい、ぬれた感触《かんしょく》。

横目《よこめ》に見《み》ると――、そこに、二股《ふたまた》にわかれた、真《ま》っ赤《か》な舌《した》。

「……本物《ほんもの》のヘビ……!!」

さああああって血《ち》の気《け》がひく音《おと》が、自分《じぶん》でも聞《き》こえた。

み、みずきちゃんは、どこ行《い》ったのっ？

まさか、このヘビに食《た》べられちゃったなんてコト、ないよね!?

「――モモ！　どこだ！」

……………矢神《やがみ》くんの声《こえ》！　カベのむこうから聞《き》こえる！

「やっ、矢神《やがみ》くん！　こっち！」

さけぶと、すぐに後《うし》ろの角《かど》から矢神《やがみ》くんが飛《と》びだしてきた。

彼《かれ》は大蛇《だいじゃ》を視界《しかい》に入《い》れるなり、ぎょっと目《め》をみはって、それからすごく厳《きび》しい目《め》つきになった。

「モモ、御筆《みふで》を取《と》れ！」

「えっ!?」

「マガツ鬼《き》だ！」

このヘビ、マガツ鬼《き》なの――!?

矢神《やがみ》くんはもう墨《すみ》ツボと白札《しろふだ》を手《て》にしてる。

わたしはいそいでポケットから桃花《とうか》を取《と》りだした。

迷路《めいろ》の中《なか》に充満《じゅうまん》した、むせかえるような邪気《じゃき》。

甘《あま》い、すえたニオイ。

「…………なあに？　モモちゃん、その筆《ふで》でなにするの？」

ねっとりからみつくような声《こえ》。

はっと気《き》づけば、大蛇《だいじゃ》のうしろに、隠《かく》れるようにしてみずきちゃんが立《た》っていた。

「み、みずきちゃん！」

「モモちゃん、みずきをイジメるの？　去年《きょねん》のクラスのコたちみたいに？」

うつろな目《め》――。このぼんやりした目《め》、リオがマガツ鬼《き》に憑《つ》かれてた時《とき》と、おんなじだ……っ。

みずきちゃん、もう「呪《のろ》いの名前《なまえ》」の札《ふだ》を貼《は》られちゃったんだ……！

「モモ！」

矢神《やがみ》くんの声《こえ》に、ヘビに視線《しせん》をもどす。

見上《みあ》げた大蛇《だいじゃ》は、ぱっくりと大《おお》きな口《くち》を開《あ》けていた。

――その口《くち》に、黒《くろ》いモヤが急速《きゅうそく》に集《あつ》まりはじめてる！

モヤはみるみる固《かた》まって……、黒《くろ》い、五角形《ごかっけい》の札《ふだ》になった！

「モモッ！」

矢神《やがみ》くんが、わたしの腕《うで》をぐいっと引《ひ》っぱる。

どん、と彼《かれ》の胸《むね》に受《う》け止《と》めてもらった、わたしの顔《かお》のすぐ横《よこ》を──、

「うわっ！」

黒札《くろふだ》がびゅんと音《おと》をたてて通《とお》りすぎた！

スレスレだった……！

矢神《やがみ》くんが引《ひ》っぱってくれなかったら、今《いま》の札《ふだ》、わたしに命中《めいちゅう》してたかも──！

「あ、ありがと」

「おまえはおれが守《まも》る。だから、モモはお役目《やくめ》に集中《しゅうちゅう》しろ」

ふりあおいだ矢神《やがみ》くんは、みずきちゃんをキッと厳《きび》しく見《み》すえたまま、白札《しろふだ》をわたしの手《て》にのせてくれた。

「──モモちゃんの裏切《うらぎ》りモノッ！」

みずきちゃんは言《い》いすてると、くるっと後《うし》ろを向《む》き、迷路《めいろ》のおくへ走《はし》りだす。

大蛇《だいじゃ》もするすると音《おと》をたてて、彼女《かのじょ》の後《あと》をついていく。

「待《ま》ってみずきちゃん！」

わたしと矢神《やがみ》くんも、彼女《かのじょ》たちを追《お》う！

「このマガツ鬼《き》、みずきちゃんをねらって出《で》てきたんだよね!?」

「ああ、あいつの邪気《じゃき》に呼《よ》ばれたんだろう。おれにもさっき、教室《きょうしつ》からスゴイ量《りょう》の邪気《じゃき》が立《た》ちのぼってるのが見《み》えた」

走《はし》りながら、矢神《やがみ》くんはごくりとノドを鳴《な》らした。

「それに――巨大《きょだい》なヘビのマガツ鬼《き》といえば……。こいつはおそらく、四鬼《しき》のひとつ、水鬼《みずき》だ」

「し、四鬼《しき》!?」

四鬼《しき》って、マガツ鬼《き》の総大将《そうたいしょう》の配下《はいか》にある、すごく強《つよ》い、特別《とくべつ》なマガツ鬼《き》。

でもこのまえ、四鬼《しき》のひとつの隠形鬼《おんぎょうき》を撃退《げきたい》したばっかだよ!?

なのにまた出《で》てくるなんてっ。


迷路《めいろ》の中《なか》を駆《か》けながら、――ふ、と後《うし》ろに気配《けはい》を感《かん》じた。

ふりかえって、ヒッと息《いき》をのむ。

暗闇《くらやみ》にランランと光《ひか》る、おびただしい数《かず》の目《め》――！

「百目《ひゃくめ》!?」

そうだ、昨日《きのう》わたしたちが作《つく》った、あの百目《ひゃくめ》のオバケ！

今《いま》、オバケ役《やく》のコは入《はい》ってないはずなのにっ。

なのに――、なんで走《はし》って追《お》いかけてくるの――!?

暗闇《くらやみ》の中《なか》を猛《もう》ダッシュしてくる、黄色《きいろ》い目《め》のカタマリ！

全身《ぜんしん》、トリ肌《はだ》がぶわっと立《た》った！

ホンモノの百目《ひゃくめ》だったら、つかまったら、目《め》の玉《たま》をひっこ抜《ぬ》かれちゃうんじゃなかったっけ!?

「に、逃《に》げなきゃっ!!」

「落《お》ちつけ！　さっきの黒札《くろふだ》のせいだ！　ねらいはおまえじゃなくて、百目《ひゃくめ》だったんだ！」

「えっ!?」

あのヘビのマガツ鬼《き》の術《じゅつ》で、百目《ひゃくめ》の着《き》ぐるみがホントのオバケになっちゃったってコト!?

なら、わたしが桃花《とうか》で別《べつ》のコトバに書《か》きかえれば、どうにかできるはず。

……百目《ひゃくめ》の姿《すがた》カタチは変《か》わってない。

ならたぶん、黒札《くろふだ》にはそのまま

って書《か》いてあったんだ。
そしたらわたしは、**「百目《ひゃくめ》」**の漢字《かんじ》を使《つか》って、別《べつ》のコトバに意味《いみ》をチェンジすればいい……！

矢神《やがみ》くんの差《さ》しだす墨《すみ》ツボに桃花《とうか》をひたして、左手《ひだりて》に札《ふだ》を構《かま》える！

そうしてる間《あいだ》にも、百目《ひゃくめ》はもう、わたしたちの間近《まぢか》に……！

体中《からだじゅう》についたあっちこっちの目《め》が、バラバラにまばたきしてるのも見《み》えてきちゃう……！

わたし、ホラー苦手《にがて》なんだってば――っ！

「ミコトバヅカイの名《な》において、桃花寿《とうかことほ》ぐ、コトバのチカラ！」

わたしは半《はん》ベソで書《か》きつけた札《ふだ》を、百目《ひゃくめ》に向《む》かって投《な》げつけた！

ぼうんっ！

もうもうとケムリが立《た》ちこめて――。

キィー、キチキチキチ。

かん高《だか》い鳴《な》き声《ごえ》をあげて、ケムリの中《なか》から、小鳥《ことり》が飛《と》びだしてきた。

わたし、**百目**《ひゃくめ》の**目**《め》の字《じ》を、**舌**《した》に交換《こうかん》して白札《しろふだ》に書《か》きつけたんだ。

それで水鬼《みずき》の**百目**《ひゃくめ》の黒札《くろふだ》を、**百舌**に上書《うわが》きしちゃったの！

「**百**《ひゃく》」たす「**舌**《した》」――で、**モズ**って読《よ》む。

で、百目《ひゃくめ》のオバケは、かわいい鳥《とり》、百舌《もず》に大変身《だいへんしん》！

これぞ、桃花《とうか》で書《か》きつけたコトバを現実《げんじつ》にする、ミコトバの術《じゅつ》！　なんだ。


「モモ！　あいつら、右《みぎ》に曲《ま》がったぞ！」

みずきちゃんと水鬼《みずき》を追《お》って、わたしたちも直角《ちょっかく》に右折《うせつ》！

「ぎゃっ！」

そしたら目《め》の前《まえ》に、ガイコツ！　と、幽霊《ゆうれい》――――っ！

ケタケタ笑《わら》いながら、こっちに迫《せま》ってくる！

これも水鬼《みずき》の黒札《くろふだ》のしわざ!?

――コワがってる場合《ばあい》じゃない！

このままじゃ、みずきちゃんとどんどん引《ひ》きはなされちゃうっ！

わたしは矢神《やがみ》くんからもらった白札《しろふだ》に、サッと桃花《とうか》を走《はし》らせた。

「ミコトバヅカイの名《な》において、桃花《とうか》寿《ことほ》ぐ、コトバのチカラ！」

ぼんぼんっ！

立《た》て続《つづ》けにケムリが上《あ》がって――、

頭上《ずじょう》からたくさんのカードがふってきて、足《あし》もとには真《ま》っ赤《か》なお花《はな》が咲《さ》きみだれる！

骸骨《がいこつ》は、**骨牌《かるた》**！

幽霊《ゆうれい》は、**幽霊花《ひがんばな》**！

って書《か》きかえた！

――ほっと息《いき》をついたとたん、

「どわあああっ！」

今度《こんど》は上《うえ》から大量《たいりょう》のコウモリがおそってきた！

ばさばさと耳元《みみもと》にスゴイ音《おと》をたてて、手《て》や足《あし》にまとわりついてくる。
痛《いた》ッ！　か、かまないで！

――コウモリは、漢字《かんじ》だと天鼠《こうもり》とも書《か》くんだ。

それなら――っ！
わたしは白札《しろふだ》をバッと投《な》げつける。
「ミコトバヅカイの名《な》において、桃《とう》花《か》寿《ことほ》ぐ、コトバのチカラ！」
もうもうと立《た》ちのぼるケムリ。
その中《なか》から、びよ～ん、びよ～んって、飛《と》びだしてきたのは……「袋《ふくろ》の鼠《ねずみ》」！
つまり、袋鼠《カンガルー》！

連続《れんぞく》して術《じゅつ》を使《つか》ったから、ちょ、ちょっと、息《いき》が切《き》れちゃった……。
ヒザに手《て》をついて、はあはあ言《い》ってたら……。
――ぬっと、見覚《みおぼ》えのあるモノが足《あし》もとを横《よこ》ぎった。

こんなトコに…………犬《いぬ》？
その犬《いぬ》は暗《くら》がりの中《なか》、ゆるり、ゆるりと――コッチを向《む》く。
その顔《かお》は、犬《いぬ》じゃない……っ。
不気味《ぶきみ》な黒髪《くろかみ》をひたいに貼《は》りつけた、にんまり笑《わら》う、おじさんの顔《かお》……!!
じ、じじじじ人面犬《じんめんけん》だっ！
「ミッ、ミコトバヅカイの名《な》において、桃花寿《とうかことほ》ぐ、コトバのチカラァー!!」
絶叫《ぜっきょう》とともに、わたしは白札《しろふだ》をぶん投《な》げた！
――通路《つうろ》のゆかに、黄色《きいろ》と黒《くろ》のコントラストがおしゃれな、お花畑《はなばたけ》。
そう、**人面草**《パンジー》の花《はな》を踏《ふ》まないようによけて、

きみも「いみちぇん！」にトライ！

ミコトバ道場《どうじょう》②

問題《もんだい》

漢字《かんじ》を書《か》きかえて、お化《ば》けを空《そら》に浮《う》かぶ、白《しろ》いものに変《か》えよ！

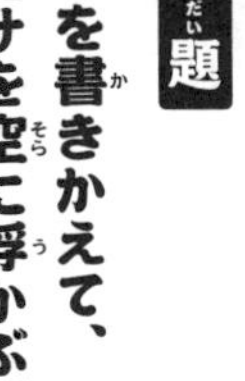

大入道《おおにゅうどう》↓入道《にゅうどう》□

□に入《はい》る漢字《かんじ》を考《かんが》えてみよう！

「人面犬《じんめんけん》」→「人面草《パンジー》」のように、一文字《もじ》変《か》われば、がらっと意味《いみ》は変《か》わる。大入道《おおにゅうどう》は、見《み》た者《もの》を驚《おどろ》かす、大男《おおおとこ》の妖怪《ようかい》。ヒントは「ありえないほどでかい」。

わたしたちは左右《さゆう》を見回《みまわ》した。

みずきちゃん、どっちの通路《つうろ》を行《い》ったんだろう……。

「見失《みうしな》ったな……」

肩《かた》で息《いき》をしながら、わたしたちは顔《かお》を見《み》あわせる。

「それにしても——」

矢神《やがみ》くんは、走《はし》ってきた道《みち》をふりかえる。

わたしも同《おな》じ方向《ほうこう》を見《み》て、あんぐり口《くち》を開《あ》けた。

天井《てんじょう》には百舌《もず》がキチキチ鳴《な》いてるし、通路《つうろ》では袋鼠《カンガルー》がぴょんぴょんハネてる。

通路《つうろ》の両《りょう》わきにはお花畑《はなばたけ》。なぜかそこに骨牌《かるた》が散《ち》らばってたり。

——なんだコリャ。

「おまえ、めっちゃくちゃにしすぎだろ」

「だ、だって、必死《ひっし》だったんだもん！」

矢神《やがみ》くんは「まいったな」ってつぶやいて、みだれた前髪《まえがみ》をかきあげる。

たしかにこれじゃ、オバケ屋敷《やしき》の迷宮《めいきゅう》っていうより、フシギの国《くに》の迷宮《めいきゅう》（？）ってかんじだ。

二人《ふたり》で苦笑《にがわら》いしてたら——。

答《こた》え

正解《せいかい》は…雲《くも》!!

大入道《おおにゅうどう》
←
入道雲《にゅうどうぐも》

入道雲《にゅうどうぐも》は、正式名称《せいしきめいしょう》「積乱雲《せきらんうん》」。山《やま》のように立《た》ちあがった巨大《きょだい》な雲《くも》のことだ。この雲《くも》があると、雷《かみなり》と大雨《おおあめ》に要注意《ようちゅうい》。…もしかしたら、大入道《おおにゅうどう》の正体《しょうたい》はこいつなのかも。

凍《こお》るように冷《つめ》たい視線《しせん》が、わたしたちの背中《せなか》を刺《さ》した。

「——モモ」

うってかわって険《けわ》しくなった、矢神《やがみ》くんの目線《めせん》の先《さき》。

いつの間《ま》に回《まわ》りこんだのか、背後《はいご》にみずきちゃんが立《た》っていた。

その後《うし》ろに、とぐろを巻《ま》いた水鬼《みずき》も……！

「矢神《やがみ》くん。なんでモモちゃんのこと、名前《なまえ》で呼《よ》んでるの……」

みずきちゃんの口《くち》から、ぶほっと黒《くろ》いケムリが吐《は》き出《だ》された。

「なんで二人《ふたり》で、仲良《なかよ》さそうに笑《わら》っちゃってんの」

邪気《じゃき》はみずきちゃんの周《まわ》りに、濃《こ》く、厚《あつ》くただよってる。

彼女《かのじょ》がしゃべるたびに、その邪気《じゃき》はますます色《いろ》を濃《こ》くして——。

ダメだ！　はやくみずきちゃんを止《と》めないと！

わたしが彼女《かのじょ》に手《て》を伸《の》ばした、その時《とき》！

「矢神《やがみ》くんも、他《ほか》のみんなもジャマ！　モモちゃんは、みずきの親友《しんゆう》なの！　モモちゃんと仲良《なかよ》くしていいのは、みずきだけなんだから!!」

みずきちゃんが叫《さけ》んだと同時《どうじ》に、ものすごい量《りょう》の邪気《じゃき》が噴《ふ》きあがった。

彼女《かのじょ》の姿《すがた》が見《み》えづらくなるぐらい、真《ま》っ黒《くろ》のケムリ。

あまりの息苦《いきぐる》しさに、わたしも矢神《やがみ》くんもセキこんだ。

もうもうと立《た》ちのぼる邪気《じゃき》は、天井近《てんじょうちか》くで寄《よ》り集《あつ》まって、だんだんと円盤状《えんばんじょう》にまとまってい
く！

水鬼《みずき》の目《め》がチカリと光《ひか》った。

あの邪気《じゃき》のかたまりをねらってる！

あんな量《りょう》の邪気《じゃき》を食《た》べられちゃったら、みずきちゃんが危《あぶ》ない！

早《はや》く散《ち》らさないと！

「モモ！」

同《おな》じコトを考《かんが》えてたのか、矢神《やがみ》くんがタイミングよく札《ふだ》を渡《わた》してくれた。

いそいで札《ふだ》に「**散**《さん》」って書《か》きつける、その一瞬《いっしゅん》の間《あいだ》に――、
ばくん。

大蛇《だいじゃ》が大《おお》きな口《くち》で、邪気《じゃき》のかたまりを、丸《まる》のみにした――！

「うぐっ！」

同時《どうじ》に、みずきちゃんが苦《くる》しげなうめき声《ごえ》をもらす。

「み、みずきちゃん！」

思《おも》わず駆《か》けよろうとしたところを、矢神《やがみ》くんに手首《てくび》をつかんで止《と》められた。

「はなしてっ、みずきちゃんが！」

「分《わ》かってる！　けど不用意《ふようい》に近《ちか》づくな！　おまえまで危《あぶ》ない！」

「でも……っ！」

みずきちゃんの笑顔《えがお》が頭《あたま》をよぎった。

モモちゃん、モモちゃんって、一生懸命《いっしょうけんめい》、それもすごく嬉《うれ》しそうに、たくさんたくさん呼《よ》びかけてくれた、みずきちゃん。

これからもっともっと、仲良《なかよ》くなりたいのに……！

このまま、みずきちゃんがマガツ鬼《き》に奪《うば》われちゃうなんて、そんなのイヤだ！

「みずきちゃん!!」

——みずきちゃんは、心臓《しんぞう》が痛《いた》むのか、胸《むね》をぎゅっと押《お》さえこむ。

そして——もう一度《いちど》顔《かお》を上《あ》げたときには……、
目《め》には光《ひかり》がなく、口《くち》は半開《はんびら》き。両手《りょうて》も力《ちから》なくだらりと垂《た》れて——。

「うふふふふ」

みずきちゃんのくちびるから、あのカワイイあまえんぼうの声《こえ》とは全然《ぜんぜん》ちがう、……乾《かわ》いてヒビ割《わ》れたような声《こえ》が、こぼれ落《お》ちた。

9 みずきと水鬼《みずき》

みずきちゃんはフラフラとよろめきながら、にたりとブキミな笑《え》みを浮《う》かべてる。

「あいつ、意識《いしき》を奪《うば》われかけてる」

矢神《やがみ》くんの緊張《きんちょう》した横顔《よこがお》。

どうしよう――!!

みずきちゃん、このまま邪気《じゃき》を食《た》べつくされたら、し、死《し》んじゃう……っ!?

「矢神《やがみ》くん！　呪《のろ》いの名前《なまえ》の術《じゅつ》、はやく解《と》かないと！」

あせって矢神《やがみ》くんを見《み》やると、眉間《みけん》にシワを寄《よ》せて、難《むずか》しい顔《かお》。

「だが、今回《こんかい》は読《よ》みのヒントがない」

そうだ――。

リオのときは、千方《ちかた》センパイが「サイ」って呼《よ》ぶのを偶然《ぐうぜん》聞《き》いたから、それをヒントに「苛」の字《じ》を思《おも》いついた。

でも、今回《こんかい》は…………ノーヒントだ。

水鬼《みずき》って、用心深《ようじんぶか》い性格《せいかく》なのかも。

今《いま》もみずきちゃんの後《うし》ろで首《くび》をもたげてるだけで、何《なに》もしゃべってくれないし……！

――みずきちゃんって、あまえんぼうだから、「甘《かん》」？

それともマネっこするから、「似《じ》」とか「偽《ぎ》」とか？

考《かん》えれば考《かん》えるほど、ソレっぽい漢字《かんじ》は山《やま》ほどあるし！

どんな名前《なまえ》をつけられちゃったのか当《あ》てるなんて、途方《とほう》もないコトだよ！

白札《しろふだ》を手《て》に、何《なに》を書《か》けばいいのか迷《まよ》ってると、

「ねぇ、モモちゃん。みずきがいればいいでしょ？　みずきだけがいれば、ほかに友達《ともだち》なんていらないでしょ？」

「な、なに言《い》ってるの、みずきちゃん」

「モモちゃん、――矢神《やがみ》くんなんて、いらないよねぇ？」

みずきちゃんはフラフラしながら、それでも異様《いよう》な笑《え》みを浮《う》かべてる。

「モモちゃん、矢神《やがみ》くんのこと、トクベツって思《おも》ってるでしょ？　トクベツなのは、みずきだけでいいのに」

トクベツって……矢神《やがみ》くんは、お役目《やくめ》のたったひとりのパートナーだもん。

いてくれないと、こまるヒトだ。

「みずき、――矢神《やがみ》くんが一番《いちばん》ジャマ」

みずきちゃんの口《くち》から、ひときわ濃《こ》い邪気《じゃき》があふれでた。

これ以上邪気《いじょうじゃき》を出《だ》したら、みずきちゃんの命《いのち》があぶない！

早《はや》く、呪《のろ》いの名前《なまえ》を当《あ》てなきゃ！

でも、みずきちゃんが水鬼《みずき》にどう呼《よ》ばれてるのか、ヒントもないしっ……。

は、と思《おも》いついた。

水鬼《みずき》が口《くち》をすべらせないなら、みずきちゃんの口《くち》から、直接聞《ちょくせつき》き出《だ》せばいいんじゃないのっ？

――よし!!

わたしは超特急《ちょうとっきゅう》で筆《ふで》をすべらせ、白札《しろふだ》に二つの文字《もじ》を書《か》きつけた！

「ミコトバヅカイの名《な》において、桃花寿《とうかことほ》ぐ、コトバのチカラ！」

さけんで、ビュッと札《ふだ》を投《な》げた先《さき》は――、

「モモッ!?」矢神《やがみ》くんが目《め》を見開《みひら》く。

そのおデコに、ばちっと札《ふだ》が貼《は》りついた！

ぼうんっ！

白《しろ》いケムリがあがる。

わたしの思《おも》わぬ行動《こうどう》にビックリしたのか、水鬼《みずき》もみずきちゃんも、動《うご》きを止《と》めた。

そしてケムリの中《なか》から現《あらわ》れた矢神《やがみ》くんは――、

「………牧野《まきの》」

急《きゅう》に静《しず》かな優《やさ》しい声《こえ》になって、みずきちゃんの前《まえ》に立《た》った。

みずきちゃんは、ぼうっとした瞳《ひとみ》で、矢神《やがみ》くんを見《み》あげる。

「牧野《まきの》、おれが悪《わる》かった。おれの存在《そんざい》のせいで、おまえの心《こころ》の闇《やみ》が深《ふか》くなってしまったんだな」

矢神《やがみ》くんは、すごくマジメな目《め》で、一生懸命《いっしょうけんめい》にみずきちゃんに訴《うった》えかける。

わたしが矢神《やがみ》くんに貼《は》ったのは――「方便《ほうべん》」って書《か》いた札《ふだ》。

「ウソも方便《ほうべん》」、の方便《ほうべん》。
「方便《ほうべん》」には、「ある目的《もくてき》を達成《たっせい》するための、仮《かり》の手段《しゅだん》」ってイミがあるの。
矢神《やがみ》くん、マジメ一直線《いっちょくせん》の性格《せいかく》だし、ウソつくのすごいキライなの知《し》ってるけど――、
今《いま》は、この手段《しゅだん》しか思《おも》い浮《う》かばなかったの！

みずきちゃんが矢神《やがみ》くんを憎《にく》く思《おも》ってるなら、矢神《やがみ》くんのほうから折《お》れてしまえば、みずきちゃん、言《い》うコト聞《き》いてくれるんじゃないかって……。

たとえそれが、ウソの方便《ほうべん》でも……っ。

「——もしおまえが、そのヘビになんと呼《よ》ばれているのか教《おし》えてくれたら……。そうしたら、おれはもう、モモ、いや直毘《なおび》には二度《にど》と近《ちか》づかない。約束《やくそく》する。——直毘《なおび》の友達《ともだち》は、おまえだけだ」

「モモちゃんの友達《ともだち》は、みずきだけ……」

「そうだ。おまえ以外《いがい》の人間《にんげん》は、直毘《なおび》の友達《ともだち》にふさわしくない。おれも他《ほか》の人間《にんげん》が近《ちか》づかないよう協力《きょうりょく》する。だから、おまえの『呪《のろ》いの名前《なまえ》』を教《おし》えてくれ。そのヘビから、なんて呼《よ》ばれてるのか」

「……みずきの、呪《のろ》いの名前《なまえ》……？」

わたしはぎゅっと手《て》にアセをにぎる。

みずきちゃんは、わずかに唇《くちびる》をふるわせた。

――と、後《うし》ろに控《ひか》えていた水鬼《みずき》がマズいって気《き》づいたみたい。

口《くち》の中《なか》の札《ふだ》を急速《きゅうそく》に作《つく》りあげていく！

わっ、ヤバい！　まだ呪《のろ》いの名前《なまえ》、聞《き》き出《だ》せてないのに――っ！

「みずきは……………、『シヅ』」

みずきちゃんの口《くち》から、言葉《ことば》がこぼれ出《で》た。

――やった！　なんて喜《よろこ》ぶ間《ま》もなく、

ビュッ！

水鬼《みずき》の黒札《くろふだ》が飛《と》んでくる！

「矢神《やがみ》くん！」

それは、わたしじゃなくて、まだみずきちゃんの前《まえ》に立《た》つ、矢神《やがみ》くんのほうに――!

どうしよう、間《ま》に合《あ》わない!

ベシッ!

黒札《くろふだ》が、矢神《やがみ》くんの額《ひたい》に命中《めいちゅう》した!

――黒札《くろふだ》に赤《あか》く浮《う》かんだ文字《もじ》は――**方言**《ほうげん》。

「へ? 方言《ほうげん》?」

わたしは目《め》をまたたいた。

「モモッ!!」

むんずと肩《かた》をつかんできたのは、怒《いか》りに火《ひ》のように目《め》を燃《も》やしてる、矢神《やがみ》くん。

水鬼《みずき》に札《ふだ》を書《か》きかえられちゃったから、「方便《ほうべん》」の札《ふだ》の効力《こうりょく》が切《き》れて、矢神《やがみ》くん、我《われ》にかえったんだ!

しかも、おおおおお怒《おこ》ってるっ!

ムリヤリ、ウソつかせちゃったからだよねっ!

「ひえええええ、ごめんなさいっ!」

「ジブンなんつぅしょーもないコトしてくれんのやっ！」

「矢神《やがみ》くん方言丸出《ほうげんまるだ》しだよぉっ」

「そんなん、どうでもええわ！」

「だってコレしかいい方法思《ほうほうおも》い浮《う》かばなかったんだもん！　それより、みずきちゃん！」

「………そやな」

矢神《やがみ》くんはギリッと奥歯《おくば》をかみ、どうにか怒《いか》りを飲《の》みこんだらしい。

わたしの肩《かた》をはなして、水鬼《みずき》とみずきちゃんに向《む》き直《なお》る。

——みずきちゃんが、水鬼《みずき》につけられた呪《のろ》いの名前《なまえ》は、——「シツ」！

わたしは頭《あたま》の中《なか》で、愛読書《あいどくしょ》の漢字辞典《かんじじてん》をバラバラめくる！

「シツ」って漢字《かんじ》は……、ええとっ、叱、失、室、質、湿……、それからそれからっ、

——固執《こしつ》の、「**執**」。

もしくは、執着《しゅうちゃく》の、「**執**」。

そうだ、これかも!?

「**執**」は、「しつこく取《と》りつく」っていう意味《いみ》を持《も》ってる字《じ》。

みずきちゃん、わたしにすごく執着《しゅうちゃく》してたから……。

きっとコレだ！

「矢神《やがみ》くん、たぶん分《わ》かった！」

「よし！」

すかさず矢神《やがみ》くんが渡《わた》してくれた白札《しろふだ》に、桃花《とうか》の穂先《ほさき》を落《お》とす。

「執」を書《か》きかえるなら——っ、ええと、

「——モモ!!」

矢神《やがみ》くんのせっぱつまった声《こえ》。

バッと顔《かお》をあげたら、みずきちゃんが、わたしに向《む》かって猛突進《もうとっしん》してきてる——！

その、光《ひかり》のない目《め》！

水鬼《みずき》にあやつられてるんだ！

「ひゃっ！」

わたしは筆《ふで》を引《ひ》いた。みずきちゃんの指《ゆび》が、桃花《とうか》をつかもうと伸《の》びてくる！

けど直前《ちょくぜん》、矢神《やがみ》くんが彼女《かのじょ》の腕《うで》をおさえこんだ！

「ワルい、牧野《まきの》！」

矢神《やがみ》くんが、みずきちゃんの足首《あしくび》をシュッとはらう。

みずきちゃんはその場《ば》に勢《いきお》いよくひっくり返《かえ》った。

よ、よしっ、みずきちゃんが動《うご》けない、今《いま》のスキに……っ！

でも、わたしが桃花《とうか》を構《かま》えなおすのとほぼ同時《どうじ》に、水鬼《みずき》が黒札《くろふだ》を飛《と》ばしてきた！

水鬼《みずき》のやつ、みずきちゃんを動《うご》かして、黒札《くろふだ》をつくる時間《じかん》をかせいでたんだ！

わたしも、矢神《やがみ》くんも、ひゅっと息《いき》をのんだ。

黒札《くろふだ》はまっすぐわたしに向《む》かって飛《と》んでくる！

もう目《め》と鼻《はな》の先《さき》に——っ！

間《ま》に合《あ》わないっ！

ぎゅっと目《め》をつぶった。


——ばしっ！


…………あれっ？

カクゴした衝撃《しょうげき》が、いつまでたっても訪《おとず》れない。

「——大丈夫《だいじょうぶ》？」

聞《き》いたことのない声《こえ》が、上《うえ》からふってきた。

すこしカサカサした、でもすごく優《やさ》しい、オトナっぽい声《こえ》。

おそるおそる目《め》を開《あ》けたら、わたしの足《あし》もとに、黒札《くろふだ》が落《お》ちてた。

ぼうっと赤《あか》い光《ひかり》を出《だ》して、札《ふだ》はそのまま消《き》えていく——。

だれかが、たたき落《お》としてくれたんだ！

だれかわかんないけど、今《いま》のうちに！

わたしは超速特急《ちょうそくとっきゅう》で、書《か》きかけの白札《しろふだ》に桃花《とうか》を走《はし》らせる！

みずきちゃんは、ようやく起《お》きあがったところだ。

水鬼《みずき》は、わたしを仕留《しと》めたと思《おも》って油断《ゆだん》してたんだろう。まだ次《つぎ》の攻撃《こうげき》の準備《じゅんび》ができてない！

——今《いま》だ！

「ミコトバヅカイの名《な》において、桃花寿《とうかことほ》ぐ、コトバのチカラ！」

びゅっと投《な》げた札《ふだ》が、みずきちゃんのおデコに命中《めいちゅう》！

同時《どうじ》にぼんっとケムリがあがる！

「みずきちゃん！」

「牧野《まきの》！」

わたしと矢神《やがみ》くんは、ケムリの中《なか》に駆《か》けこんだ。

また水鬼《みずき》がおそってくる前《まえ》に、彼女《かのじょ》を取《と》りもどさなきゃ！

白《しろ》くけむる花畑《はなばたけ》のなか、倒《たお》れふした、みずきちゃんのカゲ！

抱《だ》き起《お》こすと、うう、って苦《くる》しそうなうめき声《ごえ》をあげた。

……大丈夫《だいじょうぶ》、寝《ね》てるだけだ。

少《すこ》し熱《ねつ》がありそうだけど、ちゃんと生《い》きてる。

「――水鬼《みずき》も消《き》えたな」

矢神《やがみ》くんが周《まわ》りに厳《きび》しい目《め》を配《くば》りながら言《い》う。

あれ。ホントだ。すぐソコに立《た》ちはだかってたはずの水鬼《みずき》、気配《けはい》がなくなってる。

みずきちゃんの呪《のろ》いを解《と》かれて、形勢不利《けいせいふり》と思《おも》ったのかな。

ひとまず……、どうにかなった……？

「よ、よかったぁ〜〜」

ヘナヘナ力《ちから》がぬけちゃったよ。

みずきちゃんもケガはなさそうだし、邪気《じゃき》を食《た》べられちゃったけど、それほど深手《ふかで》じゃなさそう。

「……なんて書《か》きかえたんだ？」

あ、矢神《やがみ》くん、方言《ほうげん》なおってる。水鬼《みずき》が逃《に》げたからかな？

「固執《こしつ》の『執《しつ》』って、『幸《さち》』たす『丸《まる》』、でしょ？」

——「幸《さち》」も「丸《まる》」も、なんか縁起《えんぎ》のよさそうな字《じ》だよね。

だけど……実《じつ》は、けっこうコワい由来《ゆらい》の漢字《かんじ》なんだ。

「丸《まる》」は、ひざまずいて両手《りょうて》を差《さ》しだす人間《にんげん》を、横《よこ》から見《み》た象形文字《しょうけいもじ》。

「幸《さち》」は……これはね、大昔《おおむかし》の中国《ちゅうごく》で刑罰《けいばつ》につかわれた「手《て》カセ」を表《あらわ》してるんだって。

だから、「幸《さち》」と「丸《まる》」を合体《がったい》させちゃうと、つかまっちゃった、捕《と》らわれちゃったっていう意味《いみ》になるの。

「わたしね、執《しつ》から『丸《まる》』をけずって、幸《さち》だけ残《のこ》したんだ。

……みずきちゃんには、カセから自由《じゆう》になって、ホントに幸《しあわ》せになってもらいたいの。固執《こしつ》しなくても、親友《しんゆう》って思《おも》えるコを、つくってほしい」

「…………そうか」

「うん」

……みずきちゃんだけじゃない。わたしもね、ちゃんとホントの親友《しんゆう》、つくらなきゃ。

パチパチパチパチ。

後《うし》ろにひびいた拍手《はくしゅ》に、わたしたちは背中《せなか》をビクッとさせた。

「なかなかのコンビネーションだね。よくできました」

そうだ！　この声《こえ》っ。

さっき、水鬼《みずき》に貼《は》られそうになった黒札《くろふだ》から助《たす》けてくれた、あの――っ!?

「さっきはあの、あ、ありがとうございます！」

ふりかえると、思《おも》わず二度見《にどみ》しちゃうような、さわやかな男《おとこ》の人《ひと》が、こっちに笑顔《えがお》を向《む》けていた。

大学生《だいがくせい》くらいの、お兄《にい》さんだ。

無造作《むぞうさ》に伸《の》ばしたエリ足《あし》の長《なが》い髪《かみ》は、さらさら肩《かた》のあたりに流《なが》れてる。

親切《しんせつ》そうなほほえみの浮《う》かんでる顔《かお》は、男《おとこ》らしいけど、目《め》や鼻《はな》のパーツはスッキリしていて、着流《きなが》しとかが似合《にあ》いそうな、和風《わふう》のカッコよさ。

「――なんで、こんなトコに」

呆然《ぼうぜん》とした声《こえ》でつぶやいたのは、矢神《やがみ》くんだ。

矢神《やがみ》くんの知《し》ってるヒト？

「さて」その青年《せいねん》は、ぱん、と両手《りょうて》をたたき合《あ》わせて、わたしたちの顔《かお》を交互《こうご》に見《み》た。

「その女《おんな》の子《こ》、いちおう、保健室《ほけんしつ》に運《はこ》んでおいたほうがよさそうだよ」

このお兄《にい》さん、ミコトバヅカイのことを知《し》ってるんだろうか。

ヒミツのお役目《やくめ》なのにっ？

——と、教室《きょうしつ》の入《い》り口《ぐち》のほうから、ざわざわとヒトの声《こえ》が聞《き》こえ始《はじ》めた。

あっ、もう演劇部《えんげきぶ》の公演《こうえん》終《お》わっちゃったんだ……！

みんなもどってきちゃう！

「——じゃあね」

あわあわしてるわたしたちをよそに、お兄《にい》さんはニコッと笑《え》みを残《のこ》して、迷路《めいろ》の奥《おく》に消《き》えてしまった——。

10 五年《ねん》二組《くみ》をとりもどせ！

「なっ、なっ、なっ、なっ、なにコレ!?」

リオの絶叫《ぜっきょう》！

棒立《ぼうだ》ちになるリオのうしろで、クラスのみんなもポカンとしてる。

……わ、わたしのせいだ――！

みんなで作《つく》りあげたオバケ屋敷《やしき》は、今《いま》や、フシギの国《くに》の迷宮《めいきゅう》――。

さえずる小鳥《ことり》。

色《いろ》とりどりのお花《はな》たち。

そして……びょんびょんハネてる、でっかいカンガルー……。

「ちょちょちょっと、モモッ」

真《ま》っ青《さお》になって立《た》ちつくすわたしのソデを、リオがぐいっと引《ひ》いて耳打《みみう》ちしてきた。

「モモッ、これってもしかして、アンタのあの、筆《ふで》の魔法《まほう》みたいなヤツでっ？」

そうだ。マガツ鬼《き》の被害者《ひがいしゃ》だったリオだけは、わたしと矢神《やがみ》くんがミコトバヅカイのお役目《やくめ》や
ってること、知《し》ってるんだ。

「……ごめんリオ、わたし後先考《あとさきかんが》えずに術使《じゅつつか》っちゃって……っ。どうしよう！　学園祭《がくえんさい》まだ半日《はんにち》
残《のこ》ってるのに……っ」

「矢神《やがみ》くんはどこ？　矢神《やがみ》くんなら、うまいイイワケ考《かんが》えつくでしょ」

「で、でも矢神《やがみ》くん、みずきちゃんを保健室《ほけんしつ》に連《つ》れていってて」

「ええっ!?」

絶体絶命《ぜったいぜつめい》だ。

「もうこんなんじゃ、オバケ屋敷《やしき》できないじゃんか！」

「いったいダレがこんなにメチャクチャにしたんだよ！」

は、はい。犯人《はんにん》はわたしですっ！

あたりまえだけど、みんなすっごい怒《おこ》ってる。

………けど、事情《じじょう》を説明《せつめい》するにしても、ミコトバヅカイのお役目《やくめ》はヒミツだし……。

そもそも、そんな話《はな》したって信《しん》じてもらえないよね。

わたしが筆《ふで》の魔法《まほう》で、オバケをみんな変身《へんしん》させちゃいました、なんて。

もしわたしがそんなコト言《い》われたら、なに言《い》い出《だ》したんだろうってヘンに思《おも》うもん。

ど、どうしたらいいの……!?

「――キャアアア！」

突然《とつぜん》、宇田川《うだがわ》さんが、さけんだ！

ふだん大人《おとな》しい学級委員長《がっきゅういいんちょう》の悲鳴《ひめい》に、みんなビクッとする。

えっ、な、なにっ!?

「み、見《み》てっ！　あそこ！」

宇田川《うだがわ》さんが指《ゆび》さしたのは、窓《まど》ぎわのカーテンのほう。

「あそこ、今《いま》、幽霊《ゆうれい》が……っ！」

もしかして、またマガツ鬼《き》が!?

わたしはポケットの中《なか》に手《て》をつっこんで、桃花《とうか》をにぎった。

――あれ？　でも、邪気《じゃき》のカケラも見《み》あたらない。

ぽかんとするクラスメイトたち。

「いやあああ！」

今度《こんど》はわたしのとなりで、リオがさけび声《ごえ》をあげた！

「ア、アタシも見《み》えたっ！　女《おんな》のヒトの幽霊《ゆうれい》！」

そしたら、あっちこっちで女《おんな》の子《こ》たちがつられて悲鳴《ひめい》をあげだした。

「ほんとだ！」

「わたしも見《み》えた！」

騒然《そうぜん》となる教室《きょうしつ》。

「みんな、落《お》ちついて――。わたし、聞《き》いたコトあるわ」

宇田川《うだがわ》さんが、低《ひく》い声音《こわね》でみんなを見渡《みわた》した。

「オバケ屋敷《やしき》にはホンモノが集《あつ》まってくるって。迷路《めいろ》がめちゃくちゃになったのも、きっと怪奇《かいき》現象《げんしょう》よ。ホンモノが怒《おこ》って暴《あば》れたんだわ。ポルターガイストっていうのよ」

「……カンガルーも？」

クラスメイトのけげんな視線《しせん》にも、宇田川《うだがわ》さんはひるまない。

「ええ。それも、タタリの一環《いっかん》だわ。いるはずのない動物《どうぶつ》がいるってコトこそ、人間《にんげん》じゃないなにかのせいだっていう証拠《しょうこ》よ」

――宇田川《うだがわ》さんが言《い》うと、やけにもっともらしく聞《き》こえる。

っていうか、宇田川《うだがわ》さん、もしかしてわたしのコトかばってくれてるんじゃ……。

彼女《かのじょ》はお役目《やくめ》のコト知《し》らないはず。

だけど、この前《まえ》の事件《じけん》にもちょっと関《かか》わってたから、何《なに》かあるって察《さっ》してくれてるのかな。宇《う》田川《だがわ》さん、すごく頭《あたま》のいいコだもの。

「とにかく！」

パン、とリオが両手《りょうて》をたたいた。

「こんな騒《さわ》いでたってなんにもならないよ！　すぐまた、お客《きゃく》さんの波《なみ》が来《き》ちゃうでしょ！　とりあえず一回《いっかい》オバケ屋敷《やしき》しめて、どうにか立《た》て直《なお》そう！」

「……そんなこと言《い》ったって、もうこんなグチャグチャじゃあさ」

「いまさらオバケを作《つく》り直《なお》してる時間《じかん》ないよ。それこそ学園祭《がくえんさい》終《お》わっちゃう」

「もうあきらめて、店《みせ》じまいするしかないよ」

クラスのコたちは、一様《いちよう》に暗《くら》い顔《かお》でうつむいてしまう。

ああああ、みんなゴメンなさい……っ。

たしかにみんなの言《い》うとおり、オバケもいないオバケ屋敷《やしき》じゃ、話《はなし》にならないし。

せめて、となりの一組《くみ》みたいに喫茶店《きっさてん》とかだったら、食《た》べ物《もの》さえ無事《ぶじ》ならどうにかなったんだろうけど……。

「あっ」

わたしは思《おも》いついて、声《こえ》をあげた。

オバケ屋敷《やしき》がもうムリなら、オバケ屋敷《やしき》じゃなくしちゃえばいいんじゃないのっ？

「ね、ねぇ、みんな！」

手《て》をあげたら、バッとみんなの視線《しせん》が集中《しゅうちゅう》した。

うわっ、とノドがつまる。

キンチョーで顔《かお》が真《ま》っ赤《か》になっちゃうけど、でででも、わたしのせいでこんなになっちゃったんだから、わたしがどうにかしなきゃ！

「あ、あのね、一組《くみ》の喫茶店《きっさてん》と合体《がったい》させてもらったらどうかなっ。オバケ屋敷《やしき》じゃなくて、ほら、花畑《はなばたけ》もあるし動物《どうぶつ》もいるから、かわいい雰囲気《ふんいき》の迷宮喫茶《めいきゅうきっさ》、みたいなかんじにしちゃえば」

「――モモ、それナイスアイディア！」

リオが明《あか》るい声《こえ》をあげた。

「いいねっ。フツーの喫茶店《きっさてん》よりおもしろいから、一組《くみ》だってソンじゃないよ！　ウチのクラスの迷路《めいろ》もムダにならないし！　ねぇみんな、モモのアイディア、採用《さいよう》しないっ？」

「賛成《さんせい》のヒト、手《て》をあげて」

すかさず宇田川《うだがわ》さんが、決《けつ》を採《と》る。

いち、に、さん……。

手《て》をあげてくれるヒトはだんだん増《ふ》えて……、そして、まさかの満場一致《まんじょういっち》で決定《けってい》した！

「よしっ！　じゃあ、アタシたち早速《さっそく》、一組《くみ》と交渉《こうしょう》してくる！　みんなは、できるだけテーブルとイスいれるスペース、確保《かくほ》しといて！」

みんなを明《あか》るくはげますように、リオがニカッと笑《わら》う。

それから、「行《い》くよっ！」って、宇田川《うだがわ》さんとわたしの手《て》を引《ひ》っぱって、教室《きょうしつ》を駆《か》けだした。

ろうかを走《はし》りながら、あっとリオがわたしたちを振《ふ》りむく。

「ついでにカンガルーのエサになりそうな野菜《やさい》クズ、ほかのクラスから分《わ》けてもらってこよう！　お好《この》み焼きの屋台《やたい》、たしか校庭《こうてい》に出《で》てたよねっ。エサやり、一回百円《かいえん》でどう？」

「さすが一之瀬《いちのせ》さん。商店街《しょうてんがい》のムスメだけあるわ。転《ころ》んでもタダじゃ起《お》きないわね」

宇田川《うだがわ》さんはあきれ顔《がお》。

「……あ、あのっ。二人《ふたり》とも、わたしのこと助《たす》けてくれて……ありがとう！」

頭《あたま》をさげると、リオはつないでた手《て》を、もっとギュッて強《つよ》くにぎってくれた。

それから宇田川《うだがわ》さんも、ほほえんでくれる。

二人《ふたり》の手《て》のひらと、笑顔《えがお》の——あたたかさ。

ひとりじゃないよ。わたしたちが、ついてるからね。

そう言《い》ってもらったみたいだった。


リオと宇田川《うだがわ》さんは、あっという間《ま》に一組《くみ》の学級委員《がっきゅういいん》から、合体案《がったいあん》のオーケーを取《と》りつけた。

ただし、矢神《やがみ》くんとリオを、ウェイターとウェイトレスとして最後《さいご》まで働《はたら》かせるっていうのが条件《じょうけん》。

なるほど、客寄《きゃくよ》せにまたとない人材《じんざい》だもんね。

リオは、矢神《やがみ》くんに聞《き》きもせずに「もちろん！」って、うなずいちゃったんだけど——。

喫茶店仕様《きっさてんしよう》に模様替《もようが》えした迷宮《めいきゅう》。

彼《かれ》がホールに出《で》てくるなり、キャーッて女子《じょし》の歓声《かんせい》があがった。

わたしは隣《となり》の教室《きょうしつ》から、えっちらおっちらイスを運《はこ》んでたトコで。

こっちにまっすぐ歩《ある》いてくる矢神《やがみ》くんを見《み》て、思《おも》わず固《かた》まっちゃった。

――ストライプのシャツに、グレーのベストとズボン。

タイとカフェエプロンは、黒《くろ》でそろえてる。

ついでに前髪《まえがみ》も、軽《かる》く後《うし》ろにかきあげてあって、いつもよりさらにオトナっぽく見《み》える。

――なんだか知《し》らないヒトみたいだ。

「モモ」

他《ほか》の人《ひと》には聞《き》こえないくらいの声《こえ》で、矢神《やがみ》くんがささやいた。

「なっ、なにっ？」

か、顔《かお》が近《ちか》いっ。つい、どぎまぎしてしまう。

「水鬼《みずき》はまだ学校《がっこう》のどこかにいる。気《き》をつけろよ。おれはココからしばらく動《うご》けないから、おまえもなるべく離《はな》れるな」

「……うん」

そうだ。後《あと》でみずきちゃんの様子《ようす》を見《み》に、保健室《ほけんしつ》行《い》こうと思《おも》ってたけど。

たしかに、ひとりで動《うご》かないほうがいいのかも。

桃花《とうか》を持《も》ってたって、わたしひとりじゃ桃花《とうか》の術《じゅつ》は使《つか》えない。

文房師《ぶんぼうし》の矢神《やがみ》くんがいてくれないと、水鬼《みずき》の相手《あいて》はできないもの。

「じゃあな」

矢神《やがみ》くんはスッとわたしの横《よこ》を通《とお》りすぎていく。

………あれっ。矢神《やがみ》くん、ちょっといつもとちがう？

なんだか、瞳《ひとみ》の色《いろ》が冷《つめ》たい気《き》がした。

声《こえ》もカタかったし……。

「直毘《なおび》さーん、そのイス、こっちこっちー！」

「あっ、は、はーい！」

………なんだろ。

なんか様子《ようす》がおかしかった気《き》がするけど……、わたしの気《き》のせい？

喫茶店《きっさてん》のメニューをわきにはさんで歩《ある》いていく矢神《やがみ》くんの背中《せなか》が、なぜかいつもより遠《とお》く見《み》えた。

11 絶対的中《ぜったいてきちゅう》の予言《よげん》

「五年《ねん》一組《くみ》、ア〜ンド、二組《くみ》！　迷宮喫茶《めいきゅうきっさ》、大成功《だいせいこう》を祝《しゅく》して！」

カンパーイ！

疲《つか》れた——!!　けど、みんなイイ笑顔《えがお》。

夕暮《ゆうぐ》れの教室《きょうしつ》で、紙《かみ》コップのオレンジジュースで、カンパイだ。

わたしは飲《の》みもの係《がかり》で、ほとんど裏方《うらかた》にいたんだ。

それでも、もうひっきりなしのお客《きゃく》さんで、一度《いちど》も休《やす》むヒマもないくらい。

わたしの術《じゅつ》のせいで、オバケ屋敷《やしき》ダメにしちゃったんだし、せめてココでがんばらなきゃって、けっこう必死《ひっし》にがんばった。

足《あし》が棒《ぼう》みたいだけど……、ずうっとホールを行《い》ったり来《き》たりしてた、矢神《やがみ》くんとリオのほうがタイヘンだったろうな。

二人《ふたり》はようやく喫茶店《きっさてん》の服《ふく》をぬいで、制服《せいふく》に着《き》がえてきたところ。

今《いま》はみんなの輪《わ》の真《ま》ん中《なか》で、ジュースを飲《の》んでる。

やっと座《すわ》れたんじゃないかな。

ホントにおつかれさま……！

手《て》を合《あ》わせておがみたいくらいの気持《きも》ちで、教室《きょうしつ》のすみっこから二人《ふたり》を眺《なが》めてたら、矢神《やがみ》くんとふいに視線《しせん》が交《まじ》わった。

み、見《み》てたの気《き》づかれちゃったっ？

でも矢神《やがみ》くん、いつもなら、みんなに気《き》づかれないように笑顔《えがお》を返《かえ》してくれるのに――、そのままスイッと目《め》をそらされてしまった。

い、今《いま》の、見《み》まちがいじゃないよね!?

さっき、様子《ようす》がおかしいと思《おも》ったの、やっぱ気《き》のせいじゃなかったんだ！

怒《おこ》ってる……っ。それも相当《そうとう》だ……っ！

な、なんでだろうっ。

喫茶店《きっさてん》のウェイターなんて、やっぱイヤだったのかな。

それとも、学校《がっこう》では関《かか》わらないでって、いつもわたしが言《い》ってるから？

――ううん、ちがう。たぶん、アレだ。

さっき、みずきちゃんを助《たす》けるために、「方便《ほうべん》」の札《ふだ》で、ウソをつかせたこと……。

「直毘《なおび》さん」

ず――んと頭《あたま》をうつむけるわたしのとなり、宇田川《うだがわ》さんが腰《こし》をおろした。

「なあに、疲《つか》れてねむくなっちゃった？」

「……………ううん、大丈夫《だいじょうぶ》」

顔《かお》をあげたわたしを見《み》て、宇田川《うだがわ》さんはプッとふきだした。

「ちょっと。これからお楽《たの》しみの後夜祭《こうやさい》なのに、なにその辛気《しんき》くさい顔《かお》」

「あ、そっか、後夜祭《こうやさい》がまだあったね……」

ひふみ学園《がくえん》の後夜祭《こうやさい》って、学園祭《がくえんさい》自体《じたい》より、むしろ盛《も》りあがるイベントなんだ。

校庭《こうてい》のまんなかに、大《おお》きなキャンプファイヤーたいて、そのまわりで、おどったり、歌《うた》ったりお話《はなし》したり――。

それにね、この後夜祭《こうやさい》でコクハクして付《つ》き合《あ》いはじめたカップルって、すごく幸《しあわ》せになれるっていう伝説《でんせつ》があるの。

だから好《す》きな相手《あいて》のいるコは、もうそわそわしはじめてる。

さっきからチラチラ、矢神《やがみ》くんの様子《ようす》をうかがってるコも多《おお》い。

そういえば矢神《やがみ》くん――。後夜祭《こうやさい》のときに、お役目《やくめ》のパトロールするって言《い》ってたけど、まだ行《い》くつもりなのかな？

怒《おこ》ってるみたいだから……、もう、それもなし、かな？

「モモ！　ほら、アタシたちも校庭《こうてい》行くよ！　後夜祭《こうやさい》はじまっちゃう！」

「へっ？」

いきなり現《あらわ》れたリオに腕《うで》をとられて、わたしはズルズル引《ひ》きずられてく。

「で、でもっ、リオ、藤本《ふじもと》さんたちと行《い》くんじゃないの!?」

「あのコたち、矢神《やがみ》くんに手紙《てがみ》わたすんだって。アタシ、キョーミないし」

「そうだ。屋台《やたい》の残《のこ》りものが食《た》べ放題《ほうだい》なのよね。わたしも行《い》くわ。おなか空《す》いちゃった」

宇田川《うだがわ》さんまでっ？

「モモはね、こういうイベントの楽《たの》しみ方《かた》、ちょっと勉強《べんきょう》しといたほうがいいの。これから先《さき》、カレシができたとき、つまんない女《おんな》って思《おも》われたくないでしょ？」

「一之瀬《いちのせ》さんの持論《じろん》はともかく。直毘《なおび》さん、このまま帰《かえ》るなんて言《い》わないでよね。二組《くみ》の出《だ》しものがどうにか成功《せいこう》したのは、直毘《なおび》さんのアイディアのおかげなんだから。カゲの功労者《こうろうしゃ》が、後夜《こうや》祭《さい》を欠席《けっせき》なんて話《はなし》にならないわ」

二人《ふたり》にはさまれて、わたしはろうかに引《ひ》きずり出《だ》される。

「で、でもソレッ、もともと、わたしがオバケ屋敷《やしき》を破壊《はかい》しちゃったのが原因《げんいん》だからっ」

――と、二人《ふたり》はぴたっと足《あし》を止《と》めて、顔《かお》を見合《みあ》わせた。

「直毘《なおび》さんは、わざとモノ壊《こわ》したりするコじゃないでしょ？」

「…………事情《じじょう》はあえて聞《き》かないけど。アンタがだれかを守《まも》るために、がんばってたってのは、聞《き》かなくてもわかる。だからモモのせいじゃない」

リオも宇田川《うだがわ》さんも、…………わかって、くれてるんだ。

わたしが何《なに》もしゃべらなくても――。

涙《なみだ》がにじんできそうになって、わたしはあわててギュッとくちびるをかんだ。

「――あの、リオ、宇田川《うだがわ》さん。さっき、クラスが騒《さわ》ぎになったとき、二人《ふたり》でわたしのコトかばってくれて……っ。迷惑《めいわく》かけちゃって、ごめんね！」

勢《いきお》いよく頭《あたま》をさげたら、リオにびしっとデコピンされた。

「いたっ」

「あのねぇモモ。なんなのそのエンリョ。逆《ぎゃく》にムカつくわ」

「えっ」

ソーハクになるわたしに、宇田川《うだがわ》さんもうなずいた。

「こういう時《とき》は、ありがとって言《い》えばいいの。それが信頼《しんらい》できる友達《ともだち》ってものでしょ？　他人行儀《たにんぎょう》《ぎ》すぎるのも問題《もんだい》よ。――って、わたし自分《じぶん》に言《い》ってるみたいだけど」

苦笑《にがわら》いする、宇田川《うだがわ》さん。

わたしは、ぽかん、と口《くち》を開《あ》ける。

コレって……もしかして、親《した》しい友達《ともだち》だと思《おも》っていいって、そう言《い》ってくれてるんじゃ……？

「――ちょっといいか？」

背後《はいご》からかかった声《こえ》に、ドキッとした。

——矢神《やがみ》くんだ。

でも、いつもより冷《つめ》たい感《かん》じの声《こえ》。

「一之瀬《いちのせ》、宇田川《うだがわ》、ワルい。直毘《なおび》、貸《か》してくれる？」


しーん、と静《しず》まりかえったろうかを、矢神《やがみ》くんとぽてぽて歩《ある》いていく。

みんな後夜祭《こうやさい》に出《で》はらっちゃって、校舎《こうしゃ》にはほとんどヒトがのこってない。

窓《まど》からナナメに差《さ》しこむ、オレンジ色《いろ》の陽《ひ》の光《ひかり》。

校庭《こうてい》のほうからは、みんなが歌《うた》う校歌《こうか》や、笑《わら》い声《ごえ》がさざなみのようにひびいてくる。

これがお役目《やくめ》のパトロールじゃなければ、後夜祭《こうやさい》のようすでも眺《なが》めていくのになぁ。

——なんて、しみじみしてる場合《ばあい》じゃない。

矢神《やがみ》くん、さっきからほとんど口《くち》きいてくれないんだ……。

もともと口数多《くちかずおお》いほうじゃないけどさ。

矢神《やがみ》くんといっしょにいて、こんな居《い》たたまれない空気《くうき》、初《はじ》めてだよ……。

——あの俳優《はいゆう》さんみたいなヒトのこととか、聞《き》いてみたかったけど……。

でも、とてもそんなムードじゃない。

ちらっと盗《ぬす》み見《み》た矢神《やがみ》くんの横顔《よこがお》は、いつにもまして険《けわ》しい。

「校舎《こうしゃ》一周《しゅう》したら、校庭《こうてい》もさっと見《み》てまわるぞ」

「う、うん」

…………またシ〜〜ンってなっちゃった。

「あああのねっ、矢神《やがみ》くん、怒《おこ》ってる、よね」

顔《かお》をのぞきこむと、彼《かれ》は一瞬《いっしゅん》わたしを見《み》て、また目《め》をそらした。

「——怒《おこ》ってるっていうか、納得《なっとく》いかない。ウソなんて、マガゴトのさいたるもんだ。それをマガツ鬼《き》が使《つか》うならともかく、ミコトバヅカイが使《つか》うなんて間違《まちが》ってる」

「で、でもね、あのとき、みずきちゃんの口《くち》からヒント聞《き》きだすには、やっぱあの方法《ほうほう》しかなかったと思《おも》うの。ヒントなしじゃゼッタイ当《あ》てられなかったと思《おも》うし。ほら、『ウソも方便《ほうべん》』っていうじゃない？　みずきちゃんを助《たす》けるためのウソなら、ぎりぎりセーフじゃ……ない？」

矢神《やがみ》くんがギッとこっちを向《む》く。

ひえええええっ。

「ウソに、方便《ほうべん》もくそもあるか。ウソはマガゴトだ。おれにムリヤリ使《つか》わせるのも論外《ろんがい》だが、おまえも二度《にど》と使《つか》うな」

矢神《やがみ》くんの、静《しず》かだけど、冷《ひ》え冷《び》えした声《こえ》。

わたしは一瞬《いっしゅん》、びくっとなった。

けど――。

……………なんか、だんだん腹《はら》がたってきた！

だって、あの時《とき》はああするしかなかったと思《おも》う！

結果的《けっかてき》に、あの札《ふだ》のおかげで、みずきちゃんを助《たす》けられたんだし！

そのおかげで、みずきちゃんも、リオほどヒドいことにならずに済《す》んだんでしょ!?

「矢神《やがみ》くん、頭《あたま》カタすぎる！」

「なっ……！　おまえは節操《せっそう》なさすぎるんだ！　白黒《しろくろ》きっちり区別《くべつ》をつけろっ！」

どなったら、どなり返《かえ》された。

「そんなんじゃおまえ、マガゴトのせいで邪気《じゃき》まみれになって、そのうちマガツ鬼《き》になっちまうぞ！」

「わたし、ゼッタイ鬼《おに》になんてならないよ！　矢神《やがみ》くんのガンコもの！」

わたしたちはにらみ合《あ》う。

——と、矢神《やがみ》くんが先《さき》に目線《めせん》をはずした。

「……………やめよう。おれたちが言《い》い争《あらそ》ってもイミがない。マガツ鬼《き》の思《おも》うツボだ」

矢神《やがみ》くんはふうっと息《いき》をついた。

「おたがい少《すこ》し、頭《あたま》を冷《ひ》やそう。——おれ、二階《かい》見《み》てくるから。おまえはこのまま三階《がい》まわれ。何《なに》かあったらすぐ呼《よ》べよ」

そのまま、振《ふ》りむきもせずに、階段《かいだん》をおりていってしまう。

——なっ、なっ、なによ!!

わたしも、ぎゅっと歯《は》をくいしばって、まわれ右《みぎ》!

矢神《やがみ》くんの、バカッ!!

わたし、ミコトバヅカイのお役目《やくめ》、ちゃんと

果《は》たそうと思《おも》ってがんばったのにっ。

必死《ひっし》に考《かんが》えてやったのに、あんな言《い》いかたないじゃない！

じゃあ、いったいどうやって呪《のろ》いの名前《なまえ》、当《あ》てればよかったたっていうのよ！

みずきちゃん、リオみたいに入院《にゅういん》さわぎにならないで、保健室《ほけんしつ》で済《す》んだんだし!!

あのままもう一度《いちど》逃《に》げられちゃったら、次《つぎ》に会《あ》ったときはみずきちゃん、もっとシンコクな状《じょう》況《きょう》になってたかもしれないでしょ!?

なのに、なのに、お役目《やくめ》がんばって、パートナーの矢神《やがみ》くんに怒《おこ》られるなんて……！

矢神《やがみ》くん、マジメすぎるっていうか、頭《あたま》カタすぎるんだよ！

もう、あんなヒト、知《し》らないからっ！

わたしはどすどす音《おと》をたてて、ろうかを歩《ある》いてく。

ふと、ミコトバの里《さと》から送《おく》られてきた、まっぷたつに割《わ》れた筆《ふで》を思《おも》い出《だ》した。

——主《あるじ》さまと文房師《ぶんぼうし》のきずなも、この筆《ふで》のように裂《さ》かれるであろう。

そう、占《うらな》いのお婆《ばあ》さんが言《い》ってたたって。

「もしかして、このケンカのコト……？」

わたしは立《た》ち止《ど》まった。

「――どこへ行《い》くの？」

――前《まえ》ぶれもなく、わたしの顔《かお》の横《よこ》に、にゅっと腕《うで》が生《は》えた。

えっ!?

振《ふ》りむくまえに、口《くち》を手《て》でおおわれた。

そのまま、あらがえないほどの強《つよ》いチカラで、理科準備室《りかじゅんびしつ》のドアのなかに引《ひ》きずりこまれる！

やっ、矢神《やがみ》くんっ！

さけぼうとしたけど、口《くち》をおさえられてるから、全然声《ぜんぜんこえ》が出《で》ない。

ピシャン、とドアがしまって、…………わたしは、真《ま》っ暗《くら》な教室《きょうしつ》の中《なか》に、閉《と》じこめられた。

12 思《おも》わぬ出会《であ》い

どっ、どっ、どっ、と心臓《しんぞう》がはげしく鼓動《こどう》してる。
まだ暗闇《くらやみ》に目《め》が慣《な》れない。
ドアの前《まえ》に、わたしの逃《に》げ道《みち》を断《た》つように、人《ひと》カゲが立《た》ってる。
だ、だれ……っ？
まさか、千方《ちかた》センパイ……っ？
血《ち》の気《け》が引《ひ》いていく。
墨《すみ》も札《ふだ》も持《も》ってないってコトは、桃花《とうか》の術《じゅつ》も使《つか》えないよ！
わたし一人《ひとり》じゃ、とても相手《あいて》できない……！
「………直毘《なおび》、モモちゃん。だよね」
あれ。千方《ちかた》センパイの声《こえ》じゃない――？
どこかで聞《き》いたような。

「あっ！　さっきの――！」

「ごめんね、ビックリさせちゃったかな。モモちゃんと二人《ふたり》きりで話《はな》したかったんだ」

目《め》が慣《な》れてきたら、やっぱり、さっき水鬼《みずき》の黒札《くろふだ》をたたき落《お》としてくれた、あのカッコいいお兄《にい》さんだった。

「はは、そんな警戒《けいかい》しないで。あやしい者《もの》じゃないよ。おれのことは、ハジメって呼《よ》んでね」

彼《かれ》はわたしの手《て》をとって、にぎりこんだ。

その大《おお》きな手《て》。あったかく包《つつ》みこんでくれる――オトナの手《て》だ。

「おれはね、きみの文房師《ぶんぼうし》の座《ざ》を、もらい受《う》けに来《き》たんだ」

「――えっ？」

「これから、どうぞよろしく」

彼《かれ》はわたしと視線《しせん》の高《たか》さを合《あ》わせるように、すこしかがみこんで、ニコッと笑《わら》った。

「おれの――主《あるじ》さま」

――今《いま》、このヒト、主《あるじ》さま、って言《い》った……‥…!?

じゃあ、もしかしてミコトバの里《さと》のヒトなのっ？

でも「文房師《ぶんぼうし》の座《ざ》をもらい受《う》けに来《き》た」って。

それって、矢神《やがみ》くんの代《か》わりになるってコト!?

「おれと組《く》もうよ、モモちゃん。アイツとケンカしたんだろ？　声《こえ》が聞《き》こえたよ」

「ハジメ――さんは、矢神《やがみ》くんの知《し》り合《あ》い？　ミコトバの里《さと》のヒトなんですか？」

「そう。里《さと》を代表《だいひょう》して、主《あるじ》さまにごあいさつに」

わたしはあらためて、彼《かれ》をしげしげと眺《なが》めた。

すらっと背《せ》が高《たか》くて、仕立《した》てのよさそうなジャケットがすごく似合《にあ》ってる。

腰《こし》のベルトには、矢神《やがみ》くんのと同《おな》じような黒《くろ》い革《かわ》のポーチ。

――これって、文房師《ぶんぼうし》のお道具《どうぐ》ケースだよね。

彼《かれ》はわたしの視線《しせん》を受《う》けて、うれしそうに顔《かお》をほころばせた。

その甘《あま》い微笑《びしょう》に、わたしの胸《むね》はドキッと跳《は》ねあがる。

矢神《やがみ》くんといいこのヒトといい、ミコトバの里《さと》って、美形《びけい》じゃないと住《す》めないオキテでもあるんだろうか。

「あいさつだけのつもりだったんだけど、水鬼《みずき》が出《で》たうえに、さっきの二人《ふたり》のケンカを聞《き》いちゃったから、そのまま帰《かえ》るなんてできなくてね。自分《じぶん》で言《い》うのもなんだけど、おれもなかなかイイ文房師《ぶんぼうし》だよ。どうかなぁ、モモちゃん」

まっすぐな、明《あか》るい瞳《ひとみ》。ウソをついてるようには見《み》えない。

見《み》えない、けど。

……もしかしたら、このヒト、マガツ鬼《き》かもしれない。

そんな考《かんが》えが頭《あたま》をよぎった。

マガツ鬼《き》はウソも上手《じょうず》についてくるもの。ヒトをだますのなんてお手《て》のモノだ。

里《さと》のヒトだっていうところから、ぜんぶウソかもしれないし。

もしヘタな答《こた》えを返《かえ》したら、どう利用《りよう》されるか分《わ》からない。

――わたしはこっそり、ポケットの桃花《とうか》に手《て》を忍《しの》ばせた。

…………邪気《じゃき》は出《で》てないみたいだけど……。

「や、矢神《やがみ》くんを呼《よ》んでください。お役目《やくめ》のことは、わたしひとりじゃ決《き》められない」

じりっと後《うし》ろにさがったわたしに、ハジメさんは苦笑《くしょう》した。

「……あれ。もしかして、おれのこと疑《うたが》ってる？　まいったな」

彼《かれ》はドアにもたれてた身《み》を起《お》こして、すっと背《せ》すじを伸《の》ばした。

ずいぶん背《せ》が高《たか》い。だから前《まえ》に立《た》たれるだけでも、のしかかられるようなハクリョクがある。

もう一歩《ぽ》さがると、とん、と背中《せなか》がつくえにぶつかった。

準備室《じゅんびしつ》のドアはひとつだけ。しかもそれは、彼《かれ》のうしろだ。

逃《に》げ場《ば》が、ない。


「モモ！　どこだ！」


ろうかに、矢神《やがみ》くんの声《こえ》……！　探《さが》してくれてる！

「——やがっ、ムグッ！」

答《こた》えようとしたら、ハジメさんに手《て》で口《くち》をふさがれた。

シッと耳打《みみう》ちされる。

「待《ま》って、モモちゃん。きみの返事《へんじ》を聞《き》いてからだよ」

「そ、そんなのっ、だってあなたがホンモノかどうかも知《し》らないのに、答《こた》えられません！」

「……ああ、それもそうだよね」

じゃあ、と彼《かれ》はわたしを解放《かいほう》して、腰《こし》のベルトに通《とお》したケースへ手《て》を伸《の》ばした。

ハジメさんが取《と》り出《だ》したのは——。

五角形《ごかっけい》の、白札《しろふだ》！

「この札《ふだ》がちゃんと効《き》いたら、おれが文房師《ぶんぼうし》だって信《しん》じてくれるかな？——たとえば、ソコのマガツ鬼《き》に」

「えっ……!?」

ハジメさんの指《ゆび》さす方《ほう》をふりむいて目《め》をこらして——、冷《ひ》やアセがほほを伝《つた》った。

つくえの下《した》——薄暗《うすくら》がりのなかに、小《ちい》さな二つの光《ひか》る眼《め》がある——！

ヘビだ！　手《て》のひらくらいの、ちっちゃなヘビ！

「かすかな邪気《じゃき》を感《かん》じたから、この教室《きょうしつ》を調《しら》べてたんだよ。きっと、水鬼《みずき》の手下《てした》だ」

桃花《とうか》をにぎり直《なお》したわたしに、すっと白札《しろふだ》が差《さ》しだされた。

「では。鬼退治《おにたいじ》——、お願《ねが》いできますか？　主《あるじ》さま」

13 新《あら》たなパートナー

「モモッ！」

準備室《じゅんびしつ》から出《で》てきたわたしを見《み》つけて、矢神《やがみ》くんが駆《か》けよってきた。

顔《かお》が青《あお》ざめてる。

ケンカしたままだったけど、心配《しんぱい》してくれた……のかな。

「おまえ、姿《すがた》が消《き》えたから、水鬼《みずき》につかまったかと……。――って、なんで傘《かさ》なんて持《も》ってるんだ」

矢神《やがみ》くんは、わたしが手《て》にしてる和傘《わがさ》に目《め》をとめた。

「え、と、コレはね……」

「蛇《へび》を、蛇目傘《じゃのめがさ》に書《か》きかえたんだよ。いいアイディアだ。さすがは主《あるじ》さまだな」

続《つづ》いて教室《きょうしつ》から出《で》てきたハジメさんに、矢神《やがみ》くんの目《め》がまん丸《まる》になった。

「……なんで」

「ひさしぶり、匠《たくみ》。元気《げんき》だったか？」

「矢神《やがみ》くん。ハジメさん、ミコトバの里《さと》の文房師《ぶんぼうし》だってホント？」

「………ああ、本当《ほんとう》だ」

キツネにつままれたような顔《かお》。

その目《め》が、わたしの手《て》もとの、蛇目傘《じゃのめがさ》に向《む》く。

わたしはなんだか気《き》まずくなって、傘《かさ》をぱっと背中《せなか》に隠《かく》した。

すると、ハジメさんがそれをうばい、ぽんっと開《ひら》いてみせる。

「外《そと》は雨《あめ》のふりだしそうな雲《くも》がでてきたし、ちょうどいいな」

「——待《ま》てよ。それは、おれの役目《やくめ》だ！」

「おれの役目《やくめ》、だって？」

ハジメさんは、あきれたように息《いき》をつく。

ゴッ!!

「痛《い》てっ！」

なんかスゴイ音《おと》がした。矢神《やがみ》くんの頭《あたま》に、ヨウシャないゲンコツ！

「匠《たくみ》！　マガツ鬼《き》がうろついてる時《とき》に、主《あるじ》さまをひとりにするなんてどういうつもりだ！　文房《ぶんぼう》師《し》として失格《しっかく》だぞ！」

「なっ、おれは、おたがい頭《あたま》に血《ち》がのぼってたから、少《すこ》し間《ま》を置《お》いたほうがいいと判断《はんだん》して、」

「問答無用《もんどうむよう》だ！　現《げん》にモモちゃんをさらったのが、おれじゃなくて藤原千方《ふじわらちかた》だったらどうなっていたと思《おも》う！　それこそ冷静《れいせい》な判断《はんだん》ができてない証拠《しょうこ》だろう！」

矢神《やがみ》くんがグッとノドをつまらせた。

あ、あの矢神《やがみ》くんが押《お》し負《ま》けてる……。

ハジメさん、穏《おだ》やかそうに見《み》えたけど、怒《おこ》ると別人《べつじん》みたいにコワい……。

「おまえ、それでも本当《ほんとう》に主《あるじ》さまのパートナーのつもりか」

「…………」

矢神《やがみ》くん、だまってしまった。

ちらっとわたしを見《み》て、すぐにまた目《め》をそらす。

――なに今《いま》の。

矢神《やがみ》くん、もうわたしとパートナーなんてイヤってことなの？

さっき、言《い》うコト聞《き》かずにケンカしたから？

「ほほーう。おまえがそういう態度《たいど》なら、おれがモモちゃんの新《あたら》しい文房師《ぶんぼうし》になっても、文句《もんく》は言《い》えないな。そういうわけでヨロシク、主《あるじ》さま」

にこにこっと笑《わら》ったハジメさんが、わたしの手《て》をガッチリにぎる。

「えっ、えっ⁉」

「ちょっと待《ま》てよ！」

ガシッと矢神《やがみ》くんが、わたしの肩《かた》をつかんで引《ひ》きよせた。

「匠《たくみ》、もうパートナーやめるんだろ？　里《さと》に帰《かえ》れよ。モモちゃんのことはおれに任《まか》せていいから」

「なに言《い》ってんだ！　やめるなんて一言《ひとこと》も言《い》ってないだろ！」

「ふうん？　だったら最初《さいしょ》っからそう言《い》えばいいのに。でも、モモちゃんを悲《かな》しませるようなヤツに、大事《だいじ》な主《あるじ》さまをまかせるなんて、おれにはできないな」

「とりあえず、その手《て》をはなせ！　モモが痛《いた》がってんだろ！」

「匠《たくみ》こそ、肩《かた》、はなしてあげたらどうだ？」

なななにこの図《ず》っ⁉

矢神《やがみ》くんとハジメさんは、わたしを間《あいだ》にはさんで、バチバチ火花《ひばな》を散《ち》らしはじめた。

「ごめんね、モモちゃん。匠《たくみ》はミコトバの里《さと》きってのカタブツでね。今《いま》までもモモちゃんがイヤな気持《きも》ちになるコト、あったんじゃない？」

ハジメさんは、矢神《やがみ》くんを見《み》おろしてニッと笑《わら》う。

「——でもさ、実《じつ》はけっこうカワイイところもあるんだよ？　里《さと》では墨《すみ》をつくるために、炭小屋《すみごや》ってトコで松《まつ》を百時間《じかん》も燃《も》すんだけどね。それで出《で》たススを、ほうきでかき集《あつ》めていくんだ。で、みんながもういいだろって言《い》っても、匠《たくみ》だけ『いやだ、まだ残《のこ》ってる！　これが主《あるじ》さまの使《つか》う墨《すみ》になるんだから、ちゃんとぜんぶ集《あつ》めるんだ！』って聞《き》かなくって。……ずっと出《で》てこないんだ。どうしたかなって夜中《よなか》にむかえにいったら、全《ぜん》身《しん》ススまみれでベソかきながら、まだスス集《あつ》めてたんだよね。コワかったろうに、意地《いじ》っぱりだから」

あははっと明《あか》るく笑《わら》うハジメさんに、矢神《やがみ》くんのほおが真《ま》っ赤《か》になっていく。

「そっ、それは小《ちい》さかったときの話《はなし》だろ！」

「今《いま》もそんなに変《か》わらないだろ。このまえ里帰《さとがえ》りしてきたときだって、帰《かえ》ってくるなり紙漉《かみす》き

場《ば》にとじこもっちゃって。主《あるじ》さまの為《ため》に最高《さいこう》の白札作《しろふだつく》るって、せっかくみんなが宴会《えんかい》の準備《じゅんび》してんのに日《ひ》が暮《く》れても出《で》てこないで、長老《ちょうろう》を激怒《げきど》させたじゃないか」

矢神《やがみ》くんは真《ま》っ赤《か》な顔《かお》で、金魚《きんぎょ》みたいに口《くち》をぱくぱくさせる。

……矢神《やがみ》くん、そんなことしてたんだ。

「まだまだあるよなぁ。ええと、あれは三歳《さい》のころだったな。匠《たくみ》は寝《ね》るとき、きまって『主《あるじ》さまのおはなしして』とか頼《たの》んでくるから、もうおれたちおもしろくって、あることないこと吹《ふ》きこんで」

「ハジメ兄《にい》！」

矢神《やがみ》くんがヘンなアセをだらだらたらしながら、ハジメさんをさえぎった。

「…………えっ、ハジメ兄《にい》って……。もしかして、二人《ふたり》は」

わたしはあんぐり口《くち》を開《あ》けて、並《なら》んだ二人《ふたり》の顔《かお》を見《み》くらべた。

「——そう、兄弟《きょうだい》だよ」

ハジメさんは、ぽん、と矢神《やがみ》くんの頭《あたま》に手《て》のひらを置《お》く。

手《て》を置《お》かれた矢神《やがみ》くんは、その身長差《しんちょうさ》をうらめしそうにハジメさんを見上《みあ》げる。

「ミコトバの里《さと》の矢神《やがみ》五兄弟《きょうだい》の、おれはイチバン上《うえ》。匠《たくみ》はまんなかで、三番目《ばんめ》」

「えっえええ!? きょ、兄弟《きょうだい》っ!?」

不服《ふふく》そうな矢神《やがみ》くんと、ニコニコ笑《わら》ってるハジメさん。

——言《い》われてみれば、なるほど、涼《すず》しげな目《め》もとの感《かん》じ、すごくよく似《に》てる!

そ、そっかぁ。兄弟《きょうだい》なんだ……。

矢神《やがみ》くん、オトナになったら、こんなふうになるのかなぁ。

ハジメさんの男《おとこ》らしく整《ととの》った顔《かお》を見《み》つめてたら、矢神《やがみ》くんは顔《かお》をしかめて、頭《あたま》に置《お》かれたハジメさんの手《て》をどけた。

「——ハジメ兄《にい》は、里《さと》で一番《いちばん》の筆職人《ふでしょくにん》なんだ。あの里《さと》からの手紙《てがみ》に入《はい》ってた、割《わ》れた筆《ふで》。あれもハジメ兄《にい》が作《つく》ったヤツだ」

「あっ、そうなの!?」

軸《じく》が完全《かんぜん》にこわれちゃってるから、そのまま家《いえ》のつくえに置《お》きっぱなしになってたけど。

あれ、ハジメさんが作《つく》った筆《ふで》だったんだ。

「モモちゃんの普段使《ふだんづか》い用《よう》にプレゼントしようと思《おも》ったんだけどね。残念《ざんねん》だったたな」

「……ああ。ハジメ兄《にい》の筆《ふで》はすごいんだ。何本作《なんぼんつく》ってもブレがない。どんな種類《しゅるい》の毛《け》を使《つか》っても、どんな種類《しゅるい》の筆《ふで》を作《つく》っても、ハジメ兄《にい》の作《つく》った筆《ふで》は全部《ぜんぶ》ひと目《め》でわかる。ハジメ兄《にい》の筆《ふで》じゃないとダメだって言《い》う書道家《しょどうか》もたくさんいるんだ」

「へええっ……！　すごい、わたしも使《つか》ってみたい……！」

わたしが前《まえ》のめりになると、当《とう》のハジメさんより矢神《やがみ》くんのほうが、自分《じぶん》がほめられたみたいに、うれしそうに目《め》を細《ほそ》めた。

「おれ、ずっとハジメ兄《にい》みたいな筆作《ふでつく》りたくて。小《ちい》さいときからついてまわってたんだけど、結《けっ》局《きょく》ワザを盗《ぬす》みきれなかったんだ」

「そうそう。おれが仕事《しごと》してるときは、たいてい匠《たくみ》がベッタリくっついてたから、矢神兄弟《やがみきょうだい》の三男坊《なんぼう》は、お兄《にい》ちゃん子《こ》って有名《ゆうめい》だったな」

なつかしそうに笑《わら》い、弟《おとうと》の顔《かお》をのぞきこむハジメさん。

矢神《やがみ》くんは照《て》れくさそうに、ほほをかいた。

――矢神《やがみ》くんって、お兄《にい》さんとすごく仲《なか》いいんだ。

ほっこりして二人《ふたり》をながめてたら、ふいにハジメさんのまなざしがまじめになった。

「匠《たくみ》は、里《さと》の文房師《ぶんぼうし》の期待《きたい》のホープでね。匠《たくみ》がモモちゃんのパートナーになるのは、おれも応援《おうえん》してたんだけど……。でも、全《まった》くダメだ。さっきの様子《ようす》を見《み》るかぎり、**匠《たくみ》は、主《あるじ》さまの文房師《ぶんぼうし》にふさわしくない**」

「……そんなっ……！」

突然《とつぜん》のするどい言葉《ことば》に、矢神《やがみ》くんもわたしも息《いき》をのむ。わたしはあわてて首《くび》をふった。

「矢神《やがみ》くんがふさわしくないなんて、そ、そんなこと」

ハジメさんは、わたしの肩《かた》にやさしく手《て》を置《お》いた。

「――大丈夫《だいじょうぶ》だよ、モモちゃん。おれは筆《ふで》が専門《せんもん》の職人《しょくにん》なんだけど、文房師《ぶんぼうし》としての修業《しゅぎょう》もしてきたから問題《もんだい》ない。だから匠《たくみ》とはコンビ解消《かいしょう》して、おれと組《く》もう」

えっ、と息《いき》を止《と》めて、わたしはハジメさんのシンケンな顔《かお》を見上《みあ》げた。

……矢神《やがみ》くんじゃなくて、ハジメさんをパートナーにするの……!?

でもわたし、ハジメさんのこと、まだなんにも知《し》らないのに……っ。

「里《さと》に帰《かえ》れ、匠《たくみ》。おまえのカタい頭《あたま》じゃ、これから先《さき》、マガツ鬼《き》と渡《わた》りあっていけない」

「問題《もんだい》ない！　おれたちは、これまでちゃんとマガツ鬼《き》と戦《たたか》ってこられた」

ハジメさんは静《しず》かで、でも重《おも》みのある視線《しせん》を矢神《やがみ》くんに向《む》けた。

「匠《たくみ》。おれはこれからの話《はなし》をしてるんだ。藤原千方《ふじわらちかた》も、再《ふたた》び現《あらわ》れるときがくるだろう。隠形鬼《おんぎょうき》や他《ほか》の四鬼《しき》もいずれ、勢《せい》ぞろいするはずだ。――そのとき、おまえじゃモモちゃんを支《ささ》えきれない」

「なんでだよ。おれには文房師《ぶんぼうし》としての知識《ちしき》も技量《ぎりょう》もある」

矢神《やがみ》くんの強《つよ》い瞳《ひとみ》にも、ハジメさんは動《どう》じない。

どころか、もっと厳《きび》しく見《み》つめ返《かえ》した。

「おまえの知識《ちしき》と技術《ぎじゅつ》はたしかに里《さと》で一番《いちばん》だ。だが、人間《にんげん》として未熟《みじゅく》すぎるんだ。——匠《たくみ》。おまえはまだ、『主《あるじ》さまを支《ささ》える』っていうコトの本当《ほんとう》の意味《いみ》が分《わ》かってない」

反論《はんろん》は許《ゆる》さない——。そういう目《め》。

矢神《やがみ》くんもわたしも、有無《うむ》を言《い》わさぬその目《め》に、ただその場《ば》に立《た》ちつくすしかなかった。

14 豪雨《ごうう》の後夜祭《こうやさい》

ぱたっ。

しんと静《しず》まったろうかに、しずくの落《お》ちる音《おと》。

ぱたぱたぱたっ。

はっと窓《まど》に目《め》をやると、見《み》る間《ま》に大粒《おおつぶ》の雨《あめ》がふりはじめた。

「雨《あめ》……！　後夜祭《こうやさい》、まだ始《はじ》まったばっかりなのに」

ガラスにはりついて校庭《こうてい》を見下《みお》ろすと、グラウンドの土《つち》が、どんどん濡《ぬ》れた色《いろ》に変《か》わっていく。

バケツを引《ひ》っくり返《かえ》したような激《はげ》しい雨《あめ》。

キャンプファイヤーの火《ひ》が、雨《あめ》に打《う》たれてゆらゆら揺《ゆ》れる。

集《あつ》まってた生徒《せいと》たちは大《おお》あわてだ。悲鳴《ひめい》をあげながら、ちりぢりに校舎《こうしゃ》へ走《はし》ってくる。

「……こんなにふってきたら中止《ちゅうし》になるかもな」

ハジメさんとにらみ合《あ》ってたはずの矢神《やがみ》くんが、わたしのとなりに並《なら》んだ。

ハジメさんもアゴに手《て》をそえて、少《すこ》し難《むずか》しい顔《かお》。

「……これは、マズい展開《てんかい》だな」

「えっ？」

「水鬼《みずき》はまだどこかにひそんでる。さらに、みんなが楽《たの》しんでる後夜祭《こうやさい》が中止《ちゅうし》になりそう。思《おも》わしくない条件《じょうけん》だ。生徒《せいと》たちの不満《ふまん》が、マガゴトになって邪気《じゃき》を呼《よ》ぶぞ。……ほら、モモちゃん。御筆《みふで》をしっかり持《も》って見《み》ててごらん。この状況《じょうきょう》、どうなっていくか――」

ハジメさんに言《い》われたとおり、わたしは桃花《とうか》を強《つよ》くにぎり直《なお》した。

それで校庭《こうてい》の方《ほう》を見《み》やると……、
雨《あめ》のしぶきが作《つく》る白《しろ》い霧《きり》にまざって、グラウンドのあちこちから、黒《くろ》いケムリが立《た》ちのぼってきてる！

それも、だんだん濃《こ》く、太《ふと》く……！

その一本《ぽん》一本《ぽん》のケムリの筋《すじ》が、だんだんひとつにまとまって――。

「モモ、行《い》くぞ！」

矢神《やがみ》くんがわたしの手首《てくび》をつかんだ。

「うんっ！」

わたしたちは全速力《ぜんそくりょく》で校庭《こうてい》を目指《めざ》す。

あの黒《くろ》いノロシみたいなケムリ、邪気《じゃき》だ！

全校生徒《ぜんこうせいと》がほとんど参加《さんか》してる後夜祭《こうやさい》で、あんなふうに邪気《じゃき》が集《あつ》まりだしたら、きっと途方《とほう》もない大《おお》きさの邪気《じゃき》のカタマリができあがっちゃう！

わたしたちは、階段《かいだん》をぐるぐると、全速力《ぜんそくりょく》で駆《か》け下《お》りていく。

校庭《こうてい》に近《ちか》づくにつれ、雨《あめ》のにおいにまざって、むせかえるような甘《あま》いにおいが漂《ただよ》ってきた。

そして――、

「こっち来《く》るなよ！　ぬれるだろ！」

「やめてよっ、傘《かさ》がぶつかった！」

下駄箱《げたばこ》のところ、すでに生徒《せいと》たちの小競《こぜ》り合《あ》いがはじまってる！

邪気《じゃき》の黒《くろ》いかすみと湿気《しっけ》がモウモウたちこめてて、まわりがよく見《み》えない。

矢神《やがみ》くんが引《ひ》っぱってくれる、その腕《うで》だけを頼《たよ》りに、わたしは生徒《せいと》の間《あいだ》をくぐりぬけ、校庭《こうてい》に走《はし》りでた――！

「モモ……！　あれ、見《み》えるか！」

校庭《こうてい》のスミ、ひときわ邪気《じゃき》の濃《こ》いところがある。

雨《あま》しぶきの向《む》こうに目《め》をこらすと――、屋台《やたい》の立《た》ちならんだその後《うし》ろに、屋台《やたい》よりも大《おお》きな、細長《ほそなが》い、巨大《きょだい》なカゲがあった。

「水鬼《みずき》――！」

あの大蛇《だいじゃ》、やっぱりまだ学校《がっこう》にいたんだ！

みんなまだ気《き》づいてないみたいだけど、あんなの見《み》たら、よけいにパニックになっちゃうよ！

それにみんなの吐《は》きだした邪気《じゃき》も、燃《も》えくすぶってるキャンプファイヤーの真上《まうえ》、大《おお》きな大《おお》きな黒雲《くろくも》のかたまりになって、旋回《せんかい》してる。

水鬼《みずき》はアレを食《た》べに出《で》てきたんだ……！

わたしはササッと周囲《しゅうい》を確認《かくにん》した。

それから、校舎《こうしゃ》のみんなから死角《しかく》になる、柱《はしら》のカゲに身《み》を隠《かく》す。

よしっ、これで術《じゅつ》を使《つか》っても大丈夫《だいじょうぶ》！

「矢神《やがみ》くん！」

いつものように叫《さけ》ぶと、横《よこ》からすっと白札《しろふだ》が差《さ》しだされた。

白札《しろふだ》が、二枚《まい》――!?

「へっ?」

見《み》ると、矢神《やがみ》くんのとなり、ハジメさんが蛇目傘《じゃのめがさ》をさして、悠然《ゆうぜん》とそこに立《た》っていた。

「……ハジメ兄《にい》っ! これはおれの仕事《しごと》だって言《い》ってんだろ!」

「匠《たくみ》はパートナー失格《しっかく》。主《あるじ》さまの新《あたら》しい文房師《ぶんぼうし》は、おれだ」

「そんなのモモが認《みと》めてないだろ!」

「問題《もんだい》ない。すぐに認《みと》めてもらう。——今《いま》からな」

ハジメさんも矢神《やがみ》くんも、おたがいの札《ふだ》のはしっこをつかまえて、ぎりぎり引《ひ》っぱりあう。

ちょっ、今《いま》、そんな兄弟《きょうだい》ゲンカしてる場合《ばあい》じゃないでしょー!?

「それ貸《か》して!」

わたしがパッと矢神《やがみ》くんの白札《しろふだ》をとりあげると、今度《こんど》は二人《ふたり》がズイッと墨《すみ》ツボを出《だ》してきた。

「これを使《つか》え!」

「使《つか》って、モモちゃん!」

どっちだっていいってばぁ——!

わたしが手近《てぢか》にあったハジメさんのほうに桃花《とうか》をつっこむと、矢神《やがみ》くんがびしっと凍《こお》りついたのがわかった。

ああ、もう！

とにかくわたしは、白札《しろふだ》に筆《ふで》を置《お》いた。

つと、……なんだか穂先《ほさき》のすべりごこちが、ちがう。

実《じつ》は、さっき準備室《じゅんびしつ》で蛇《へび》を蛇目傘《じゃのめがさ》に書《か》きかえたときも、そう思《おも》ったんだ。

すごくすごく微妙《びみょう》な感覚《かんかく》なんだけど、矢神《やがみ》くんの墨《すみ》だったら桃花《とうか》がおどるようにすべるんだ。

対《たい》してハジメさんの墨《すみ》は……、どっしり重々《おもおも》しいかんじ。

だからかな、たんなる相性《あいしょう》の問題《もんだい》なのかもしれないけど、桃花《とうか》がちょっとエンリョしてるように感《かん》じる。

——でも今《いま》はそんなコト気《き》にしてる場合《ばあい》じゃない。

とにかく書《か》きあげなくちゃ！

「ミコトバヅカイの名《な》において、桃花寿《とうかことほ》ぐ、コトバのチカラ！」

わたしは **散**《さん》って書《か》いた札《ふだ》を、空《そら》に浮《う》かぶ邪気《じゃき》のカタマリに投《な》げつけた！

白札《しろふだ》は、雨《あめ》のしぶきを貫《つらぬ》き、円盤状《えんばんじょう》の巨大《きょだい》な邪気《じゃき》に貼《は》りつく！

ぼうんっ！

大《おお》きな音《おと》をたてて、邪気《じゃき》ははじけ散《ち》った！

――と、水鬼《みずき》が、ゆっくりと、カマ首《くび》をこっちにねじ向《む》ける。

ギラリと光《ひか》る、剣呑《けんのん》な眼《め》……！

怒《おこ》らせたみたい……！

大蛇《だいじゃ》は、シャーッと舌《した》を突《つ》きだしたと思《おも》ったら、ものすごい速《はや》さで動《うご》きだした！

まっすぐこっちに向《む》かってくる！

「――来《き》た!!」

よし！　こっちに注意《ちゅうい》が向《む》いた！

「モモ、裏庭《うらにわ》に誘導《ゆうどう》するぞ！　校庭《こうてい》じゃ、みんなを巻《ま》きこむ！」

「うんっ！」

二人《ふたり》でぬかるんだグラウンドのすみっこを駆《か》けぬける！

と、ハジメさんもついてきてる！

「矢神《やがみ》くん、墨《すみ》ちょうだいっ！」

走《はし》りながら言《い》うと、右《みぎ》と左《ひだり》、両方《りょうほう》から墨《すみ》ツボが差《さ》しだされた。

「おれも、矢神《やがみ》くんだからな」

「ハジメ兄《にい》っ、いいかげんにしろよっ！」

わあああっ、もう！　だから兄弟《きょうだい》ゲンカしてる場合《ばあい》じゃないってばー！

背後《はいご》からズズズズズ……!!　って、不穏《ふおん》な音《おと》がどんどん近《ちか》づいてきてるよー!!

「だから匠《たくみ》は早《はや》く里《さと》に帰《かえ》れって言《い》ってるだろう。水鬼《みずき》はおれとモモちゃんでかたづけるから」

「いやだね！　ハジメ兄《にい》こそ帰《かえ》ればいいだろ！」

右側《みぎがわ》と左側《ひだりがわ》から、燃《も》えるような視線《しせん》！

「モモ！」

「モモちゃん！」

「「どっちを選《えら》ぶ!?」」

もっ、もうっ！

そんなの知《し》るかぁ――っ!!

わたしはとりあえず矢神《やがみ》くんの墨《すみ》に筆《ふで》をつけて、それからギッと彼《かれ》らをにらみつけた。

「二人《ふたり》ともっ！　仲良《なかよ》くしなさい!!」

「「けどっ」」

「主《あるじ》さま命令《めいれい》よっ!!」

ブチギレたわたしに、矢神兄弟《やがみきょうだい》は沈黙《ちんもく》した。

「ここ、曲《ま》がろう！」

わたしの声《こえ》にあわせて、三人《にん》でぐいっと急旋回《きゅうせんかい》！

右手《みぎて》に折《お》れたその先《さき》は、校舎《こうしゃ》と体育館《たいいくかん》のハザマにある、裏庭《うらにわ》！

白《しろ》くけむる雨《あめ》のむこう――、よしっ、ダレもいない！

ざざっと音《おと》をたてて立《た》ち止《ど》まる。

ふ、ふだん運動《うんどう》なんてほとんどしないから、もう息《いき》があがっちゃったよ……っ。

――その時《とき》。

わたしと矢神《やがみ》くんの間《あいだ》を、何《なに》か黒《くろ》いものが、シュッと音《おと》をたてて通《とお》り抜《ぬ》けた。


「――あ」

ハジメさんの声《こえ》。

――え？　どうしたの？
彼《かれ》が持《も》ってたはずの蛇目傘《じゃのめがさ》が、風《かぜ》に吹《ふ》きあげられて飛《と》んでいく。
一番足《いちばんあし》の速《はや》いハジメさんは、離《はな》れた先《さき》のほうに立《た》ってて。
彼《かれ》を見《み》やって、言葉《ことば》を失《うしな》った。
――ハジメさんの背中《せなか》に、黒札《くろふだ》が貼《は》りついてる……!!
「ハジメ兄《にい》っ！」
矢神《やがみ》くんがさけんだ。
ハジメさんの背《せ》に貼《は》られた黒札《くろふだ》には、呪《じゅ》の朱文字《しゅもじ》が……!!

15
呪《のろ》いの文房師《ぶんぼうし》

「ハジメさん！」

「ハジメ兄《にい》！」

彼《かれ》の背中《せなか》の黒札《くろふだ》は、ぼうっと不気味《ぶきみ》な赤《あか》い光《ひかり》を発《はっ》して、吸《す》いこまれるみたいに、体《からだ》のなかに消《き》えていく……！

ハジメさんは、よろっと足《あし》をふらつかせた。

大《おお》きな手《て》でおおってるから、表情《ひょうじょう》は見《み》えない。

「ははっ……」

でも、笑《わら》ってる……？

水鬼《みずき》がズルズルとハジメさんに這《は》いよって、すぐその脇《わき》にとぐろを巻《ま》いた。

「ははは、まいったな。………どうしてだろう、おれ、急《きゅう》におまえが憎《にく》くなってきた」

ハジメさんはゆっくり顔《かお》をあげる。

そして――、矢神《やがみ》くんを、温度《おんど》のない目《め》でねめつけた。

に、憎《にく》いって……、自分《じぶん》の弟《おとうと》なのに!?

「いや、急《きゅう》にじゃないのかもしれないな。本当《ほんとう》はずっとそうだったのかもしれない。兄弟《きょうだい》だから、弟《おとうと》だからって、気《き》づかないフリをしていただけで……。きっとおれは、ずうっとおまえが憎《にく》かったんだよ。――匠《たくみ》」

ハジメさんの口《くち》から、薄黒《うすぐろ》い霧《きり》がもれ出《だ》した！

じゃ、邪気《じゃき》だ――！

「ハジメ兄《にい》……？」

矢神《やがみ》くんの声《こえ》、かすかに震《ふる》えてる。彼《かれ》のこんな頼《たよ》りなげな声《こえ》、今《いま》まで聞《き》いたことない。

「そうだなぁ。おまえが長老《ちょうろう》に、主《あるじ》さま付《づ》きの文房師《ぶんぼうし》に選《えら》ばれたときからかな。……ハハ、おれはカッコわるいなぁ。主《あるじ》さまの文房師《ぶんぼうし》に選《えら》ばれた弟《おとうと》を、喜《よろこ》んで送《おく》りだしたつもりだったけど、ホントはうらやましくてしかたなかったみたいだ」

ハジメさんは、足《あし》をふみだして、こっちに近《ちか》づいてくる。

黒《くろ》い霧《きり》を体《からだ》にまとわりつかせながら、一歩《ぽ》、一歩《ぽ》、前《まえ》に。

「おれだって修行《しゅぎょう》してきた。おれだって、血《ち》のにじむような努力《どりょく》をしてきた。おれだって、主《あるじ》さまのために人生《じんせい》をささげてきた。おれだって、おれだって――」

雨《あめ》にぬれそぼった髪《かみ》をかきあげると、ギラつくような眼光《がんこう》があらわになった。

底冷《そこび》えのする、氷《こおり》みたいな目《め》……。

そこには、肉親《にくしん》の情《じょう》も、ひとかけらの温《あたた》かさもない。

「なのになんで、選《えら》ばれたのは、おれじゃなかったんだろうなぁ。匠《たくみ》のほうが、主《あるじ》さまに歳《とし》が近《ちか》いから？　確《たし》かにそれもあっただろうな。だけど、それだけじゃない。おれはわかってるよ」

矢神《やがみ》くんは、ぴくりとも動《うご》かない。

ううん、動《うご》けないんだ。

信頼《しんらい》してるお兄《にい》さんが、こんなふうになるなんて……。

「文房師《ぶんぼうし》としての才能《さいのう》も技量《ぎりょう》も、おまえのほうが優《すぐ》れている。だからなんだよな」

「…………ハジメ兄《にい》。でも、おれはハジメ兄《にい》の筆《ふで》、すごく好《す》きだし、かなわないって、いつも思《おも》ってる」

「そうだ。おれがおまえに勝《か》てるのは、筆《ふで》づくりだけだな。おまえは墨《すみ》も紙《かみ》も硯《すずり》も、すべての四《し》宝《ほう》をバランスよく、何《なん》でもできる」

ハジメさんの視線《しせん》が、ふいにわたしに向《む》いた。

ドキッとして身《み》を固《かた》くすると、彼《かれ》はフ、と小《ちい》さく笑《わら》う。

「モモちゃん。おれの墨《すみ》と札《ふだ》、使《つか》ってみてどうだった？　匠《たくみ》のと、どっちが使《つか》いやすかった？」

「えっ……」

どっちがって………。

正直《しょうじき》に言《い》うなら、矢神《やがみ》くんのほう、かも。

他《ほか》のヒトなら気《き》づかないくらいのちがいかも知《し》れないけど、わたし、もう矢神《やがみ》くんの作《つく》ってくれる四宝《しほう》になじんじゃってるから。

だからよけいに、ちがいが気《き》になったのかもしれない。

——でも。

そんなこと、今《いま》の流《なが》れでハジメさんに言《い》っちゃったら……。

答《こた》えられないでいるわたしに、ハジメさんは「ハハッ！」と大《おお》きな声《こえ》をあげて笑《わら》った。

笑《わら》い声《ごえ》なのに、冷《つめ》たい刃物《はもの》みたいに、わたしや矢神《やがみ》くんの胸《むね》を突《つ》いた。

……でも、一番傷《いちばんきず》ついてるのは、ハジメさんなのかもしれない。

笑《え》みのカタチのくちびるが、細《こま》かく震《ふる》えてる。

「——沈黙《ちんもく》は肯定《こうてい》、か。ほうら、主《あるじ》さまもお認《みと》めになった。まったく憎《にく》らしい弟《おとうと》だよ——。おまえのせいでって、何度《なんど》考《かんが》えただろうなぁ。ほかの兄弟《きょうだい》だって、里《さと》のほかの文房師《ぶんぼうし》たちだって、笑顔《えがお》の下《した》で、きっとそう思《おも》ってただろうよ。匠《たくみ》さえいなければ、もしかしたら自分《じぶん》が、ってな」

「――おれは、おまえの存在《そんざい》を呪《のろ》うよ、匠《たくみ》」

「…………ハジメ兄《にい》……」

うなるような、泣《な》きだしそうな、矢神《やがみ》くんの痛々《いたいた》しい声《こえ》。

目《め》の玉《たま》がこぼれおちそうなくらいに見開《みひら》いて、自分《じぶん》のお兄《にい》さんを見《み》つめてる。

眉《まゆ》をよせて、歯《は》を食《く》いしばって……。

わたし、矢神《やがみ》くんのこんな顔《かお》、初《はじ》めて見《み》た。

いつもしっかりしてて、強《つよ》くて、頼《たの》もしくって。

わたしそういう矢神《やがみ》くんしか知《し》らないのに。

なのに、今《いま》、矢神《やがみ》くんは確《たし》かに、ハジメさんに傷《きず》ついてる。おびえてる。

ハジメさんが吐《は》きだす、そのコトバに。

「や、矢神《やがみ》くん、聞《き》いちゃダメ！」

「………モモ」

「ハジメさん、黒札貼《くろふだは》られてるんだから！　こんなの本心《ほんしん》じゃないよ！」

わたしの言葉《ことば》に、ハジメさんはまたクツクツ笑《わら》う。

「本心《ほんしん》じゃないだって？　モモちゃん、なんでそんなことを言《い》えるんだ？　モモちゃんはおれたち兄弟《きょうだい》のことは、何《なに》も知《し》らないだろう」

「そ、そうだけどっ。でも、やめて！　矢神《やがみ》くんにヒドいこと言《い》わないで！」

わたしは矢神《やがみ》くんを守《まも》ろうとして、彼《かれ》の前《まえ》に走《はし》りでた。

——でも、情《なさ》けないけど、足《あし》が震《ふる》えちゃう。

必死《ひっし》にハジメさんをにらみつけるけど、たぶん、わたしがコワがってるのは、バレバレだ。

暗《くら》い笑《え》みを浮《う》かべた彼《かれ》は、じりじりと近《ちか》づいてくる。

ハジメさん、早《はや》く正気《しょうき》にもどさないと……！

どんどん邪気《じゃき》が濃《こ》くなってきてる。

ハジメさんが吐《は》くマガゴトで傷《きず》ついてるのは、矢神《やがみ》くんだけじゃない。

きっとハジメさん自身《じしん》もなんだ。

心《こころ》の内側《うちがわ》で押《お》し殺《ころ》してきた黒《くろ》い気持《きも》ち、こんなふうに弟《おとうと》に突《つ》きつけるなんて、本当《ほんとう》は望《のぞ》んでなかったはずだ。

だって、矢神《やがみ》くんの失敗談《しっぱいだん》を語《かた》ってたときのハジメさんの目《め》、とっても優《やさ》しかったもの。

こんなふうに、兄弟《きょうだい》で傷《きず》つけあわせちゃいけないよ……！

「矢神《やがみ》くん、ハジメさん。大丈夫《だいじょうぶ》だよ。わたし、どうにかするから……！」

今《いま》、矢神《やがみ》くんとハジメさんを助《たす》けられるのは、わたしだけ。

だから、コワがってないで、なんとかしなきゃ！

——そう、ハジメさんに貼《は》られた「**呪**《じゅ》」の黒札《くろふだ》を、書《か》きかえる！

考《かんが》えて、わたし！

どうすればいいか、考《かんが》えて！

桃花《とうか》をにぎる手《て》に、アセがにじんできた。

「モモちゃん。おれを選《えら》びなよ」

ハジメさんがにっこり笑《わら》いかけてきた、その瞬間《しゅんかん》――――!

シュッ!

足《あし》もとに鋭《するど》い音《おと》がした!

「うわっ!?」

右《みぎ》の足首《あしくび》に、なにかが巻《ま》きついた!

すごいチカラで引《ひ》っぱられて、わたしは尻《しり》モチどころか、後《うし》ろ頭《あたま》までドロ水《みず》のなかに打《う》ちつけた。

「モモ!」

ハデにひっくりかえったわたしを、矢神《やがみ》くんが助《たす》け起《お》こそうと、いそいで手《て》をのばしてくれる。

――けど、わたしがその手《て》をつかむ前《まえ》に、足首《あしくび》に巻《ま》きついたソレ、水鬼《みずき》のシッポに、思《おも》いっきり引《ひ》きずられた!

しまった! 水鬼《みずき》のこと、完全《かんぜん》に頭《あたま》からぬけてた……!

「わわわわわっ!」

ジェットコースターに乗《の》ってるような勢《いきお》いで、水鬼《みずき》のところへ引《ひ》きずりこまれる!

「モモッ！」

——気《き》づいたときには、わたし、全身《ぜんしん》ドロまみれで、水鬼《みずき》のとぐろの中《なか》にすっぽり収《おさ》まってた。

しかも桃花《とうか》をにぎってる右腕《みぎうで》も、動《うご》かせないようにガッチリ固《かた》められてる……！

頭《あたま》の上《うえ》のほうで、シュルシュルと赤《あか》い舌《した》が音《おと》をたてた。

それに、ナマぐさい息《いき》——。


「モモちゃん、つかまえた」


ハジメさんがすぐとなりに立《た》って、満足《まんぞく》そうな笑《え》みをみせた。

「ハジメ兄《にい》、やめろ！　モモはおれたちの主《あるじ》さまだろ！　はなせ！」

「おれたちの？　それはちがうなぁ、匠《たくみ》。おれのだ。……な、モモちゃん」

わたしのパートナーが、ハジメさん……？

ちがう。

イヤがったり、ためらったり、お役目《やくめ》に後《うし》ろ向《む》きなわたしを、ずっとはげまして、背中《せなか》を押《お》し続《つづ》けてくれたのは、矢神《やがみ》くんだったもの。パートナーには矢神《やがみ》くん以外《いがい》選《えら》べないよ！

「わ、わたし、ハジメさんのパートナーじゃないっ！　矢神《やがみ》くんがパートナーです！」

言《い》っちゃった……！

――すると、ハジメさんが笑顔《えがお》のまま、顔《かお》を近《ちか》づけてきて。

わたしのアゴを指《ゆび》さきでグイッと持《も》ちあげた。

「……おれを選《えら》ばない主《あるじ》さまなんて、必要《ひつよう》ないな。水鬼《みずき》に食《く》わせてしまおうか」

「えっ」

髪《かみ》の毛《け》に、大蛇《だいじゃ》の生《なま》あたたかい息《いき》が、ふうふうかかる。

チロッとぬれた感《かん》じがしたのは、たぶん……、舌《した》でなめられたからだ……！

真《ま》っ青《さお》になったわたしより、雨《あめ》の向《む》こうの矢神《やがみ》くんのほうが、顔《かお》がソーハクだ。

「いくらハジメ兄《にい》でも、それ以上《いじょう》は許《ゆる》さない……！」

怒気《どき》をふくれあがらせる矢神《やがみ》くんに、ハジメさんはまた唇《くちびる》をつり上《あ》げた。

「主《あるじ》さまはおれの手《て》の内《うち》だ。おまえに何《なに》ができる？」

「何《なに》がなんでも」

矢神《やがみ》くんは怒《いか》りと決意《けつい》をこめた視線《しせん》を、ギッとはげしくハジメさんにたたきつけた。

「主《あるじ》さま——モモは、おれが守《まも》る」

「四宝《しほう》ならいざ知《し》らず——、武道《ぶどう》でおまえがおれに勝《か》てたこと、一度《いちど》でもあったか？」

ハジメさんは矢神《やがみ》くんをせせら笑《わら》って、わたしのほうに視線《しせん》をよこした。

「モモちゃん、おれを選《えら》びなよ。コンビ解消《かいしょう》するって、アイツに言《い》ってやってくれる？」

チロチロと、水鬼《みずき》の赤《あか》い舌《した》がわたしの頭《あたま》の上《うえ》をなでる。

ヨダレがぽたっと、わたしの額《ひたい》に落《お》ちてきた。

このままじゃ、わたし、ホントにヘビに食《た》べられちゃうっ!?

丸《まる》のみにされる自分《じぶん》を想像《そうぞう》しちゃって、思《おも》わず桃花《とうか》を取《と》り落《お》としそうになった。

「わ、わたしっ、」

——コンビは解消《かいしょう》する！

って、そう言《い》っちゃえばいい。

ゼッタイ、矢神《やがみ》くんとコンビ解消《かいしょう》なんてイヤだけどっ、だけど、こんなときこそ、「方便《ほうべん》」の使《つか》いどころだよね!?

ヘビに殺《ころ》されるなんてジョーダンじゃないもの！

「コンビは、か、か――、」

――なのに、矢神《やがみ》くんを見《み》たら、そのコトバが出《で》てこない。

矢神《やがみ》くん、二度《にど》とウソはつくなって言《い》ってた……よね。

わたし、矢神《やがみ》くんがマガゴトをすごくすごく嫌《きら》ってるのを知《し》ってて……、それでも、今《いま》、ここでウソ言《い》うの？

「わたしは、ハジメさんを選《えら》びます」って。

――わたし、矢神《やがみ》くんがパートナーじゃなきゃイヤ。

その気持《きも》ちは、まちがいない。ホンモノだ。

それをごまかすことになるんだよね。

矢神《やがみ》くんが大嫌《だいきら》いな、ウソを使《つか》って。

「わ、わたしっ！　矢神《やがみ》くんとのコンビは――っ、」

……わたしは、こわばった顔《かお》の矢神《やがみ》くんを見《み》て、それから、ニタニタと笑《わら》うハジメさんに視線《しせん》を移《うつ》した。

くちびるが、わなないた。

「かっ、かっ、解消《かいしょう》しないっ！」

「──なんだって？」

「わたしの文房師《ぶんぼうし》は、矢神《やがみ》くんだもの！」

……大声《おおごえ》でさけんで、ほっ、と息《いき》がもれた。

そうだ。そうだよ。

──言《い》いきったら、胸《むね》のあたりがスッキリした。

「そうか」

ハジメさんの眉《まゆ》が、ぎゅっとゆがんだ。

心底《しんそこ》くやしいって、そういう顔《かお》。

──ふと、打《う》ちつける雨《あめ》がやんだ。

周《まわ》りには変《か》わらず降《ふ》り続《つづ》けてるのに、だ。

上《うえ》を見《み》あげると──、水鬼《みずき》ののどの奥《おく》まで見《み》える大《おお》きな口《くち》が、わたしの目《め》の前《まえ》に。

────息《いき》が、止《と》まった。

「もうやめろ！　わかった！」

矢神《やがみ》くんがさけんだ。

「──わかった。コンビは解消《かいしょう》だ。…………おれは、文房師《ぶんぼうし》をやめる。やめて、里《さと》に帰《かえ》る」

ふるえて頼《たよ》りない、矢神《やがみ》くんの声《こえ》。

「いい決断《けつだん》だよ。匠《たくみ》」

ハジメさんが笑《え》んだ、その時《とき》。

水鬼《みずき》のシッポが、するっとゆるんだ！

──今《いま》だ！

わたしは体《からだ》を水鬼《みずき》のシッポから引《ひ》きぬいて、地面《じめん》に転《ころ》がりでた！

桃花《とうか》をにぎり直《なお》すと同時《どうじ》、宙《ちゅう》に弧《こ》をえがいて、墨《すみ》ツボと白札《しろふだ》が飛《と》んでくる……！

見《み》れば、矢神《やがみ》くんはしっかりした瞳《ひとみ》で「モモ！」と声《こえ》をあげる。

やっぱり矢神《やがみ》くん、あきらめてなかったんだ！

矢神《やがみ》くんのこと、信《しん》じててよかった！

ふりむいたハジメさんの、驚《おどろ》きに見開《みひら》いた目《め》。
水鬼《みずき》は開《あ》けた口《くち》を一度《いちど》閉《と》じて、あわてて黒札《くろふだ》をつくりはじめるけど──、
わたしのほうが早《はや》い！

「ミコトバヅカイの名《な》において、桃花寿《とうかことほ》ぐ、コトバのチカラ！」

呪《じゅ》の「口《くち》ヘン」をとって、「**兄**《あに》」に。

そして「**兄**《あに》」に、「**十**」をたす！

書《か》いたコトバは——**克**《こく》！

「克《こく》」の「古《こ》」の部分《ぶぶん》は、「カブト」を表《あらわ》してるの。頭《あたま》にのせるよろいの、あのカブト。

で、下《した》の「儿」のトコは、折《お》れ曲《ま》がった人間《にんげん》の足《あし》。

つまり「克《こく》」は、頭《あたま》にのせたカブトの重《おも》みにたえてる人《ひと》が、ふんばってる絵《え》なんだ。

それで「克《こく》」は、自分《じぶん》に打《う》ち克《か》つっていうイミになる。

——どんなに重《おも》たいフクザツな思《おも》いをかかえてても、ハジメさんがその重《おも》みに克《か》って、いつもの優《やさ》しいお兄《にい》さんにもどってくれますように……っ。

白札《しろふだ》は、雨《あめ》のカーテンを切《き》りさいて、一直線《いっちょくせん》に飛《と》んでいった！

16

雨《あめ》カンムリの戦《たたか》い

「あ〜〜〜、ごめん。おれ、迷惑《めいわく》かけたね」

白《しろ》いケムリのなかから現《あらわ》れたハジメさんは、苦笑《にがわら》いしながら、パタパタとケムリを手《て》ではらう。

そのノンビリした様子《ようす》。

わたしも矢神《やがみ》くんも脱力《だつりょく》して、その場《ば》にくずおれそうになった。

「よ、よかったぁ」

「……ハジメ兄《にい》、後《あと》で覚《おぼ》えてろよっ」

「そうだな、モモちゃんと匠《たくみ》に借《か》りだ。覚《おぼ》えとく」

言《い》いながら、ハジメさんはサッと立《た》ち上《あ》がる。

そのままコッチに駆《か》けよってきたと思《おも》ったら、えっ、

きみも「いみちぇん！」にトライ！

ミコトバ道《どう》場《じょう》③

問題《もんだい》

一画《いっかく》足《た》して、ちがう漢字《かんじ》に変《か》えろ！

夫《おっと》

「兄《あに》」→「呪《のろい》」→「克《こく》」で、ハジメ兄《にい》を元《もと》にもどすなんて、さすが主《あるじ》さま。さいごはもちろんノーヒント。

と思《おも》う間《ま》もなく、わたしの体《からだ》は宙《ちゅう》に浮《う》いた。

矢神《やがみ》くんよりちょっと明《あか》るめの茶色《ちゃいろ》の目《め》が、すごく近《ちか》くにある。

至近《しきん》キョリで視線《しせん》がからむと、彼《かれ》は目《め》を甘《あま》く細《ほそ》めた。

「姫《ひめ》さま、おケガは」

「なななないですっ」

わたし、ハジメさんの胸《むね》の中《なか》にスッポリおさめられてしまった。

こ、これって、お姫《ひめ》サマだっこっていうヤツだよね!?　わ、わたし重《おも》いのにっ！

わたしのほっぺたが、ハジメさんのぬれたシャツに押《お》しつけられて、彼《かれ》の心臓《しんぞう》の音《おと》がリアルに伝《つた》わってくる。

うわあああ、カンベンしてくださいいっ！

目《め》を白黒《しろくろ》させるわたしを抱《だ》き上《あ》げたまま、ハジメさんは素早《すばや》く水鬼《みずき》とキョリをとって、矢神《やがみ》くんのとなりにストンと降《お》ろしてくれた。

「じゃあ、二人《ふたり》の息《いき》の合《あ》ったコンビネーションを見《み》せてもらおうかな」

答《こた》え

正解《せいかい》は…失《しつ》!!

夫《おっと》の一画目《かくめ》にノを付《つ》け加《くわ》えると、失《うしな》うという字《じ》に変化《へんか》！

…今回《こんかい》、パートナーとしての自覚《じかく》を失《うしな》うところだったおれには、ちょっと耳《みみ》が痛《いた》い漢字《かんじ》だな。今回《こんかい》のミコトバ道場《どうじょう》はここまで。次回《じかい》もこうご期待《きたい》！

ハジメさんの視線《しせん》の先《さき》――、水鬼《みずき》がカマ首《くび》をもたげて、ゆらゆら左右《さゆう》にゆれている。

ヘビの口《くち》の中《なか》で、黒札《くろふだ》はほとんどできあがってた！

「モモ！」

矢神《やがみ》くんの白札《しろふだ》をとって、わたしも桃花《とうか》をかまえた。

黒札《くろふだ》が、シュッと飛《と》んでくる！

それは宙《ちゅう》を横《よこ》ぎるとちゅうで、だんだんくずれていって……！

そして赤《あか》い光《ひかり》をはなちながら完全《かんぜん》に消《き》えた。

とたん、

ドッ！


前《まえ》が見《み》えないくらいの、重《おも》たい雨《あめ》が打《う》ちつけてきた！

なにこれっ、息《いき》もできないよ！

わたしは体《からだ》をかがめて白札《しろふだ》がぬれないように守《まも》りながら、なんとか桃花《とうか》を走《はし》らせる。

「ミコトバヅカイの名《な》において、桃花寿《とうかことほ》ぐ、コトバのチカラ！」

たぶん、水鬼《みずき》の飛《と》ばした札《ふだ》は、**雨**《あめ》とか**豪雨**《ごうう》とかだよね？

だったら、「**雨**《あめ》」に「**虎**《とら》」をつけくわえて……！

雨虎

！


ぼうんっとあがった白《しろ》いケムリ。

雨《あめ》の勢《いきお》いはぐっと弱《よわ》まった。

そして、ケムリのあがった場所《ばしょ》——、その地面《じめん》にぽとりと落《お》ちてるのは、黒《くろ》くてヌメヌメした、かなり気持《きも》ちワルい生《い》き物《もの》。

海《うみ》によく転《ころ》がってる、**雨虎**《あめふらし》、だ。

うえええ、わたし、自分《じぶん》で出《だ》しといてなんだけど、アレ、苦手《にがて》だっ。


——と、また水鬼《みずき》が札《ふだ》を放《はな》った！

黒札《くろふだ》が、アメフラシにビシッと貼《は》りつく！

ぼうっと赤《あか》い光《ひかり》がアメフラシを照《て》らしだし……、だんだん形《かたち》を変《か》えて、むくむく大《おお》きくなって

……!?

「モモ、あれヤバいぞ！」

ガルルルッて、あの声《こえ》。

黄色《きいろ》と黒《くろ》のシマシマの、ヒトより二回《ふたまわ》りもでっかい、あの四《よ》つ足《あし》の動物《どうぶつ》は……！

「トッ、トラだあっ！」

水鬼《みずき》が、**雨虎**《あめふらし》の「雨《あめ》」をとっぱらったんだ！

どうしよう、逆《ぎゃく》にピンチをまねいちゃった！

青《あお》くなるわたしを守《まも》るように、矢神兄弟《やがみきょうだい》が前《まえ》へ立《た》ちはだかる。

「大丈夫《だいじょうぶ》だ。落《お》ち着《つ》いて考《かんが》えろ、モモ」

「そうだよ。ちゃんと時間《じかん》かせぎするからね」

トラは、うなり声《ごえ》をあげながら、一歩《ぽ》ずつ詰《つ》めてくる……！

じり、と矢神《やがみ》くんたちは腰《こし》を落《お》として、むかえうつ構《かま》えだ。

でも、いくらなんでも、矢神《やがみ》くんたちだってトラに襲《おそ》われたら、ひとたまりもないよね……！

早《はや》く、どうにかしなきゃ……！

必死《ひっし》で脳内《のうない》の愛読書《あいどくしょ》『**面白難解漢字辞典**《おもしろなんかいかんじじてん》』をめくっていく。
ト、トラ、虎《とら》、虎《とら》……!!

——あ、あった！　アレだ!!

超特急《ちょうとっきゅう》で書《か》いた札《ふだ》をかかげて前《まえ》を見《み》ると、うわああっ、ちょうどトラが大《おお》きく跳《は》ねとんで、矢《や》神《がみ》くんたちに襲《おそ》いかかろうとしてる——!!

「ミコトバヅカイの名《な》において、桃花寿《とうかことほ》ぐ、コトバのチカラ！」

ぼうんっ！

空《そら》にハネたトラは、そのまま白《しろ》いケムリに巻《ま》かれて——。

ま、間《ま》に合《あ》った……!?

矢神兄弟《やがみきょうだい》の真後《まうし》ろ。わたしの足《あし》もとに、ごろん、と固《かた》いモノが転《ころ》がる音《おと》がした。

効《き》いた……！

か、間一髪《かんいっぱつ》だったよ……！

「な、なんだコレ？」

矢神《やがみ》くんが、信《しん》じられないものを見《み》たようにつぶやく。

そう。わたし、**虎**《とら》を**御虎子**って書《か》きかえた。

すっごい強《つよ》そうな字面《じづら》だけど——、

雨《あめ》にうたれて転《ころ》がってるのは、トラのイラストがついたカワイイおまる。

赤《あか》ちゃんのトイレトレーニング用《よう》の、アレ。

——おまるって、漢字《かんじ》だと**御虎子**《おまる》なんだよね。

「ミコトバヅカイの名《な》において、桃花寿《とうかことほ》ぐ、コトバのチカラ！」

わたしは続《つづ》けざまに、もう一枚《まい》の札《ふだ》を飛《と》ばした！

ビシッと音《おと》をたて、白札《しろふだ》が水鬼《みずき》に貼《は》りつく！

もうもうと立《た》ちこめるケムリ。

雨《あめ》が少《すこ》しずつそのケムリを消《け》していって…………。

大蛇《だいじゃ》の姿《すがた》は、もう、そこにはなかった。

矢神《やがみ》くんたちはキョロキョロとあたりを見《み》まわす。

「——モモ。水鬼《みずき》は？……まさか、消《け》せたのか？」

「ううん。見《み》えないだけ」

「見《み》えないって？」

ハジメさんも首《くび》をかしげる。

わたしはふるえる手《て》で、おデコににじみ出《で》たアセをぬぐった。

ミコトバの術《じゅつ》が効《き》くかどうかって、術《じゅつ》を使《つか》う人間《にんげん》のチカラに左右《さゆう》されるんだって。

特《とく》に四鬼《しき》は、マガツ鬼《き》の総大将《そうたいしょう》の次《つぎ》に強《つよ》い鬼《おに》たちだ。

そう簡単《かんたん》に消《け》すなんてできない。

わたし今《いま》、水鬼《みずき》と戦《たたか》っただけでも、カラダからどんどんチカラが抜《ぬ》けてっちゃったもの。

アセは止《と》まらないし、もう立《た》ってるだけで精《せい》いっぱいってかんじ。

きっと、修行《しゅぎょう》を始《はじ》めたばっかりのわたしじゃ、四鬼《しき》を消《け》したり封《ふう》じたりなんてことは、まだムリなんだ。

けど、姿《すがた》を変《か》えるまでなら、今《いま》のわたしにもどうにかギリギリ、できたみたい――。

「肉眼《にくがん》じゃ、たぶん見《み》えないと思《おも》う。だってわたし――」

ホッとしたせいか、つい笑顔《えがお》になっちゃった。

「『**水鬼**《みずき》』をね、『**水蚤**《ミジンコ》』にしちゃったの」

「「ミジンコ……っ!?」」

同時《どうじ》に声《こえ》をあげる、矢神兄弟《やがみきょうだい》。

「ハッ、ハハハ！」

ハジメさんが笑《わら》い声《ごえ》をあげた。

あっけに取《と》られてた矢神《やがみ》くんも、しばらくして、「ハハッ」と笑《わら》う。

「ミジンコとか、おまえ、ほんとに予想《よそう》を超《こ》える漢字《かんじ》を思《おも》いつくよな」

「いいアイディアでしょ」

「おう、ホント、これ以上《いじょう》ないくらい」

雨《あめ》の中《なか》、笑《わら》いあうわたしたち。

ハジメさんはしばらく、そんなわたしたちを眺《なが》めてた。

「――負《ま》けたよ。おまえたち、いいコンビだな」

「ハジメさん」

「匠《たくみ》も、モモちゃんを守《まも》るためなら、そのカッタ～い頭《あたま》をやわらかくする気持《きも》ちはあるみたいだし。今回《こんかい》はおれが譲《ゆず》るしかないかなぁ」

それって、水鬼《みずき》につかまっちゃったわたしを助《たす》けるために、矢神《やがみ》くんが「コンビを解消《かいしょう》する」って方便《ほうべん》を使《つか》ったことを言《い》ってるのかな。

あたたかい手《て》が、ぽんぽんっとわたしたちの頭《あたま》をたたく。

「里《さと》にも、ちゃんと報告《ほうこく》しとく。なかなかの名《めい》コンビっぷりでした、ってね」

ハジメさんは、ふんふん鼻歌《はなうた》を歌《うた》いながら、校舎《こうしゃ》のほうへ歩《ある》きだした。

「ほら、二人《ふたり》とも。はやく着《き》がえないと、カゼひくぞ」

ふりむいたその瞳《ひとみ》の、優《やさ》しい色《いろ》。


——もしかして。

わたしは矢神《やがみ》くんを残《のこ》して、ハジメさんに駆《か》けよった。

後《うし》ろに聞《き》こえないくらいの声《こえ》で、ハジメさんの耳元《みみもと》にささやく。

「ハジメさん、水鬼《みずき》に黒札《くろふだ》を貼《は》られたのって、もしかして、ワザとですか……？」

ハジメさんは、ちょっとビックリした顔《かお》で、わたしを見《み》おろした。

それからイタズラっぽい顔《かお》で、シッと唇《くちびる》に指《ゆび》をあてる。

「——おれね、匠《たくみ》がなにを選《えら》ぶか、知《し》りたかったんだ。自分《じぶん》のこだわりをとるか、主《あるじ》さま——モモちゃんの無事《ぶじ》をとるか。もし匠《たくみ》が、それでもウソはつかない、なんてカッタ〜いこと言《い》ってたら、ホンキでおれが交代《こうたい》しなきゃだと思《おも》ったし」

「じゃ、じゃあ、矢神《やがみ》くんに文房師《ぶんぼうし》としての資格《しかく》があるか、試《ため》したってことですかっ？」

あいた口《くち》のふさがらないわたしに、ハジメさんは軽《かる》くうなずく。

「うん。でもアイツ、わが弟《おとうと》ながら頭《あたま》のいいヤツだからね。中途《ちゅうと》ハンパに試《ため》すんじゃ、すぐバレちゃうだろうから。さすがにおれがマガツ鬼《き》にあやつられたら、匠《たくみ》もなりふり構《かま》わず、モモちゃんを守《まも》ろうとするだろ？」

「で、でも、わざと黒札貼《くろふだは》られるなんて、キケンなこと……っ」

「――まあ、いいじゃないか。結局《けっきょく》、匠《たくみ》は、自分《じぶん》のこだわりより、主《あるじ》さまを守《まも》ってマガツ鬼《き》を倒《たお》す道《みち》のほうをとってくれた。……アイツ、ひとつカベを乗《の》りこえて、前《まえ》に進《すす》めたんだ。お赤飯《せきはん》でもたかなくちゃだよなぁ」

明《あか》るく笑《わら》う、ハジメさん。

「……信《しん》じてたんですね、ハジメさん。矢神《やがみ》くんがゼッタイなんとかしてくれるって」

「あたりまえだよ？　おれは、匠《たくみ》の――お兄《にい》さんなんだから」

ハジメさんは、わたしの頭《あたま》をぽんぽんと、優《やさ》しくなでた。

……………そっか。

たぶんハジメさん、試《ため》すっていうより、矢神《やがみ》くんを前《まえ》に進《すす》ませてあげようとして、わざと自分《じぶん》がカベになって立《た》ちはだかったんだ。

矢神《やがみ》くんが乗《の》りこえてくれるはずって、信《しん》じて。

自分《じぶん》のコンプレックスまでさらけだして。

――すごい信頼関係《しんらいかんけい》。

きずなって、こういうのを言《い》うのかな。

「モモちゃんには、とんだ迷惑《めいわく》だったよね。ほんと、ゴメンね」

「そんなことないですっ」

ぶるぶる頭《あたま》をふるわたしに、ハジメさんがほほえみかけてくれる。

その笑顔《えがお》は、――すごく優《やさ》しい、お兄《にい》さんの顔《かお》をしてた。

17 優《やさ》しい雨《あめ》

――雨《あめ》はまだ、降《ふ》り続《つづ》いてる。

でも、生徒会長《せいとかいちょう》の機転《きてん》で、後夜祭《こうやさい》は体育館《たいいくかん》で続行《ぞっこう》することになったんだ。

校庭《こうてい》よりはセマいけど、それでもみんな、うれしそう！

しかも、蛍光灯《けいこうとう》つけたらムードがないからって、生徒会《せいとかい》のコたちがキャンドル買《か》い集《あつ》めてきてくれたんだって。

舞台《ぶたい》に並《なら》べられたキャンドルが、オレンジ色《いろ》のあかりを揺《ゆ》らめかせて、とってもキレイ。

わたしと矢神《やがみ》くんは、めだたないスミのほうのカベにもたれて、みんなが踊《おど》ったり、おしゃべりしたりしてるのを、遠巻《とおま》きに眺《なが》めてた。

みんな制服《せいふく》なのに、矢神《やがみ》くんは喫茶店《きっさてん》の服《ふく》だし、わたしなんて体操着《たいそうぎ》。

雨《あめ》の中《なか》かけずりまわったせいで、全身《ぜんしん》ビショぬれで泥《どろ》まみれだし、これしか着《き》るのなかったんだよね。

うす暗《ぐら》いから、そんなにめだたなくてよかった……。

矢神《やがみ》くんねらいの女《おんな》の子《こ》たちも、この暗《くら》がりじゃ、矢神《やがみ》くんがもどってきてるのにも気《き》づいてないみたい。

——でもそろそろ、後夜祭《こうやさい》も終《お》わりなのかな。

ずっとゲンキで楽《たの》しい曲《きょく》が流《なが》れてたのが、スローテンポのバラードが多《おお》くなってきた。

「……ハジメさん、帰《かえ》っちゃったね」

「ああ、ハジメ兄《にい》はいつもいそがしいから」

水鬼《みずき》の件《けん》がかたづいたあと、「疲《つか》れた——」って言《い》って、そのまま帰《かえ》っちゃったんだよね。

またミコトバの里《さと》にもどるのかな。

いろいろ振《ふ》りまわされた気《き》もするけど、でも、すごくいいヒトだったな。

「ハジメさんって、すごくステキなお兄《にい》さんだね。また会《あ》えるかな」

「里《さと》に行《い》けばいつでも会《あ》えるし、むこうからもまた来《く》るんじゃないか。おまえのコト、すごい気《き》に入《い》ってたみたいだし」

「えっ、そ、そう?」

ふいに、ハジメさんにお姫《ひめ》さまだっこされたのを思《おも》い出《だ》して、顔《かお》が勝手《かって》に赤《あか》くなっちゃった。

あんなオトギ話《ばなし》みたいなの、きっとわたしの平凡人生《へいぼんじんせい》で、最初《さいしょ》で最後《さいご》だ。

「あ、そうだ。軸《じく》の割《わ》れちゃったハジメさんの筆《ふで》、修理《しゅうり》してもらえばよかったな。使《つか》ってみたかったのに。もったいないコトしたなぁ」

「………修理《しゅうり》くらい、おれだってできるけど」

じゃあ、ぜひ！

そうお願《ねが》いしようとして横《よこ》をむいたら……。矢神《やがみ》くんのシラ〜〜〜ッとした目《め》。

――えっ。

わたしなにか、マズいこと言《い》っちゃった？

トンッ。

わたしの顔《かお》の真横《まよこ》のカベに、矢神《やがみ》くんの腕《うで》。

目《め》をしばたたくと、わたしをカベぎわに追《お》いこんだまま、彼《かれ》の顔《かお》がぐいっと近《ちか》づいてきた。

「や、矢神《やがみ》くん、な、なななななにっ!?」

すごくすごく近《ちか》いところからのぞきこんでくる、ちょっとムスッとした、黒《くろ》い瞳《ひとみ》。

わたしの心臓《しんぞう》は、バクバクとハネ馬《うま》みたいに暴《あば》れだした。

「………モモの文房師《ぶんぼうし》は、おれだよな？」

黒《くろ》い瞳《ひとみ》が、まっすぐに、深《ふか》く、わたしの目《め》を射《い》ぬいてくる。

も、もちろん！　もちろん、わたしの文房師《ぶんぼうし》は矢神《やがみ》くんだけど……っ。

けどっ、こんなにシンケンに見《み》つめられたら、まともに見返《みかえ》せないよっ……！

わたしはどうしようもなくなって、ぐりんっと矢神《やがみ》くんのほうとは逆《ぎゃく》に顔《かお》を向《む》けた。

ぎゅぎゅーっとちぢこまってしまったわたしに、すぐ横《よこ》で、プ、と苦笑《くしょう》する気配《けはい》。

「………ま、いいよ。モモがハジメ兄《にい》に言《い》ってくれた言葉《ことば》は、おれ、忘《わす》れないから」

彼《かれ》の腕《うで》がパッとひいた。解放《かいほう》されて、わたしはズルズルゆかにすべり落《お》ちる。

なななななんなの今《いま》のっ！　心臓《しんぞう》に悪《わる》すぎる!!

――わたしがハジメさんに言《い》った言葉《ことば》って。

水鬼《みずき》につかまったとき、「矢神《やがみ》くんがパートナーです！」って叫《さけ》んだ、アレかな。

ダイタンすぎた!?　なんだか今《いま》さら、はずかしくなってきた……っ。

真《ま》っ赤《か》なほっぺたを手《て》ではさんでうずくまってたら、矢神《やがみ》くんもとなりに腰《こし》をおろしてきた。

「………あとさ。今回《こんかい》は、ごめんな。モモ」

「えっ、なにがっ？」

前《まえ》ぶれなく謝《あやま》られて、わたしは目《め》をまたたいた。

「ハジメ兄《にい》が言《い》ったとおりだ。おれが意地《いじ》はったばっかりに、おまえをキケンな目《め》にあわせた。それに、頭《あたま》がカタいってのも、分《わ》かった。——おれ、自分《じぶん》だけじゃなくておまえにも、マガゴトを使《つか》ってほしくなかったんだ。それがおまえの言《い》う『方便《ほうべん》』だとしても、マガゴトになりうるなら、ゼッタイだめだって、そう思《おも》ってた」

「…………うん？」

「たぶんおれ、自信《じしん》がなかったんだ」

「矢神《やがみ》くんに、自信《じしん》がないっ？」

いつもあんなに自信《じしん》マンマンって感《かん》じなのに!?

「なんだよおまえ、驚《おどろ》くとこ、そこかよ」

矢神《やがみ》くんは苦笑《くしょう》して、立《た》てヒザについた腕《うで》に、自分《じぶん》のほおをこすりつけた。

「言葉《ことば》ってのは、同《おな》じ言葉《ことば》でも、使《つか》い方《かた》によって、いい意味《いみ》にもなったり、悪《わる》くもなったりするだろ？　だから、言葉《ことば》を使《つか》う人間《にんげん》がちゃんとしてないと、気《き》づかないうちに、それがマガゴトになってしまうかもしれない。無意識《むいしき》に、邪気《じゃき》を吐《は》き出《だ》してるかもしれない」

「……みずきちゃんも、そうだったね」

「——ああ。だから、それがコワかったんだ。自分《じぶん》ももちろんだけど、言葉《ことば》のチカラに振《ふ》りまわされて……、もしも、モモが、」

矢神《やがみ》くんは、ふいに言葉《ことば》をとめた。

それからちらりと横目《よこめ》にわたしを見《み》る。

なにか言《い》いたげな視線《しせん》が、すごく気《き》になった。

「わ、わたしが、何《なに》？」

「…………もしも、おまえが、マガツ鬼《き》になっちまったらって」

わたしが!? マガツ鬼《き》に!?

もしかして矢神《やがみ》くん、前《まえ》にわたしが千方《ちかた》センパイに「鬼《おに》の花嫁《はなよめ》になれ」って言《い》われたの、まだ気《き》にしてたんだろうか。

「なっ、ならないよ！」

ぶんぶん首《くび》をふるわたしの髪《かみ》から、雨《あめ》のしずくが飛《と》び散《ち》った。

うわっと顔《かお》をしかめる矢神《やがみ》くんに、わたしはあわててゴメンと謝《あやま》る。

矢神《やがみ》くんはくすっと笑《わら》った。

「――うん。おまえのその意志《いし》を、信《しん》じきれてなかったんだ。ハジメ兄《にい》が、おれが未熟《みじゅく》で、『主《あるじ》さまを支《ささ》えるっていうコトの本当《ほんとう》の意味《いみ》が分《わ》かってない』って言《い》ってた。それって、このコトだよな。おれがホントにおまえを支《ささ》えたいなら、おまえのコトをちゃんと信《しん》じてなきゃダメなんだ。——おまえは、ちゃんと言葉《ことば》のチカラを使《つか》いこなせるって。マガゴトの誘惑《ゆうわく》に負《ま》けないで、正《ただ》しい言葉《ことば》を使《つか》えるって」

「や、矢神《やがみ》くん……」

そんなふうに、信頼《しんらい》してくれるの？

わ、わたし、その信頼《しんらい》に応《こた》えられるのかな……。

矢神《やがみ》くんが未熟《みじゅく》なら、わたしなんて、もっともっと未熟《みじゅく》なのに。

「………ゼッタイ大丈夫《だいじょうぶ》って言《い》える自信《じしん》はないけど……、でも——がんばるよ、わたし」

——われながら、ビミョーな返事《へんじ》だ。

「大丈夫《だいじょうぶ》だよ。おまえは、ちゃんとできる」

矢神《やがみ》くんはなにか吹《ふ》っきれたみたいな笑顔《えがお》になった。

「——矢神《やがみ》くん。あのね」

そうだ。わたしも、矢神《やがみ》くんに言《い》っておきたいことがあった。

「わたし、ずっと、友達《ともだち》がほしいって思《おも》ってたの。ムネはって親友《しんゆう》って言《い》えるような友達《ともだち》」

「ああ」

「でね、みずきちゃんと仲《なか》よくなれたとき、すごくうれしかったんだ。わたしにもそういう友達《ともだち》ができたって思《おも》った。……でも、やっと気《き》づいたの。ただ一緒《いっしょ》にいたり、おそろいのモノそろえるばっかりが、友達《ともだち》じゃないんだなって」

――矢神《やがみ》くんは、だまって聞《き》いてくれてる。

わたしは、キャンドルのあかりに照《て》らしだされる、たくさんの生徒《せいと》たちのカゲを眺《なが》めた。

「ホントの友達《ともだち》って、一緒《いっしょ》にいなくたって、相手《あいて》のコト、心配《しんぱい》したり気《き》づかったりしてくれるんだよね。もし行《い》き違《ちが》いがあっても、正面《しょうめん》からケンカしたり、ホントに分《わ》かり合《あ》おうとしてくれる」

「そうだな」

わたしは視線《しせん》を体育館《たいいくかん》の天井《てんじょう》にむけた。

薄闇《うすやみ》の中《なか》、キャンドルのあかりが水面《すいめん》みたいにゆらめいてる。

「わたし、最近《さいきん》ずっと『友《とも》』っていう字《じ》、書道《しょどう》で練習《れんしゅう》してたんだけどね。左《ひだり》にはらう二本《ほん》の線《せん》、同《おな》じカタチだと、なんかバランス取《と》れないんだよね」

唐突《とうとつ》に書道《しょどう》の話《はなし》をするわたしに、矢神《やがみ》くんは目《め》をまたたいた。

「……ああ、たしかに。おれも意識《いしき》してなかったけど、書《か》くとき、少《すこ》しカタチ変《か》えてるな」

「そうなの。実際《じっさい》の友達関係《ともだちかんけい》も、同《おな》じかな、と思《おも》って。ぴったり同《おな》じカタチじゃ、バランス取《と》れないんだよ。それぞれ太《ふと》さも長《なが》さも——個性《こせい》がちがっても、同《おな》じ方《ほう》を向《む》いて手《て》を重《かさ》ねあっていられれば、それが最高《さいこう》の『友《とも》』のバランスなんじゃないかなって」

わたしはリオと宇田川《うだがわ》さんの、あの笑顔《えがお》のぬくもりを思《おも》い出《だ》した。

「……あのね。だから、リオと宇田川《うだがわ》さんって、ちゃんとわたしの友達《ともだち》になってくれてたんだって、今《いま》さらわかったの。それから」

わたしは胸《むね》をドキドキさせながら、ヒザをかかえた両手《りょうて》に、ぎゅっとチカラをこめた。

「や、矢神《やがみ》くんもっ！」

え、と矢神《やがみ》くんは声《こえ》をもらして、あらためてわたしを見《み》た。

目《め》が、ビックリして丸《まる》くなってる。

「わわわっ、ゴメン！　わたしのね、一方的《いっぽうてき》な気持《きも》ちなんだけどねっ!?　や、矢神《やがみ》くんにとっては、ほら、単《たん》にお役目《やくめ》の関係《かんけい》だろうけど。わ、わたしは、矢神《やがみ》くんのコト、友達《ともだち》だって思《おも》ってて、さっきそれに気《き》づいて、だからええとっ」

な、なに言《い》ってんだろう、わたし。

わあああ、ゼッタイわたし、また真《ま》っ赤《か》になっちゃってるよねっ？

「――友達《ともだち》だろ」

ぼそっと低《ひく》い声《こえ》で、矢神《やがみ》くんがつぶやいた。

「モモは直毘《なおび》の主《あるじ》さまだけど。――それだけじゃない。おれだって、おまえのこと、ちゃんと友達《ともだち》だと思《おも》ってるよ」

矢神《やがみ》くんはそう言《い》って、ヒザにおデコを押《お》しつけた。

髪《かみ》にかくれて顔《かお》は見《み》えないけど……、耳《みみ》が、真《ま》っ赤《か》だ。

それを見《み》たら、わたしもますます、はずかしくなってきた……！

ならんで座《すわ》って、真《ま》っ赤《か》になってうつむく、わたしたち。

「――モモちゃん」

横手《よこて》から声《こえ》をかけられて、わたしたちは同時《どうじ》に飛《と》び上《あ》がった。

「なななななにっ!?」

「あ、あの」

みずきちゃん、だ。

保健室《ほけんしつ》から出《で》てきたんだ。

まだ顔《かお》が白《しろ》くて具合《ぐあい》もあまりよくなさそう。

「だ、ダメだよ、みずきちゃん! まだ寝《ね》てないとっ」

「――あのね。みずき、モモちゃんと話《はな》したくて」

「どうしたの?」

みずきちゃんはモジモジと、自分《じぶん》の胸《むね》のまえで指《ゆび》をもむ。

「ご、ごめんなさい……。みずきのせいで、モモちゃんも矢神《やがみ》くんも、ヒドい目《め》にあっちゃって
……。モモちゃんたちがヘビと戦《たたか》ってくれてるの、わたし見《み》えてた。体《からだ》が勝手《かって》に動《うご》いてたけど、
それだけじゃないの。みずきもだんだん、もうどうでもいいや、モモちゃんが手《て》にはいるなら、
どんなヒドいことしてもいいやって、気持《きも》ちが真《ま》っ黒《くろ》になっちゃって……」

「みずきちゃん。あれね、ヒトにとり憑《つ》く悪《わる》い鬼《おに》なの。みずきちゃんの気持《きも》ちが悪《わる》いほうに動《うご》い

たのは、その鬼《おに》が誘導《ゆうどう》したんだよ。だから、みずきちゃんは気《き》にしないで」

「………モモちゃん」

涙《なみだ》にうるんだ瞳《ひとみ》で、みずきちゃんが見上《みあ》げてくる。

「でも、みずきちゃん。今回《こんかい》のコトは、だれにも言《い》わないで、ひみつにしてくれる？」

「えっ……」

みずきちゃんはただでさえまん丸《まる》な目《め》を、さらに丸《まる》くする。

「だって、モモちゃん、あんなにカッコよかったのに。みんなに言《い》ったら、きっと驚《おどろ》くよ。モモちゃん人気者《にんきもの》になれちゃうよ」

「にっ、人気者《にんきもの》なんてっ、そんなのなれるはずないよっ。第一《だいいち》わたし、めだつのヤダしっ」

「――牧野《まきの》。恐《おそ》ろしいものに狙《ねら》われてるなんてことみんなが知《し》ったら、パニックになるだろ。だからこのお役目《やくめ》はひみつなんだ」

あわあわ手《て》をふるわたしに代《か》わって、矢神《やがみ》くんが口《くち》を挟《はさ》んだ。

と、みずきちゃんが、なにか思《おも》いついたように、パッと顔《かお》を明《あか》るくする。

「わかった。みずき、だまってるよ。だれにも言《い》わない」

「みずきちゃん」

ホッとしたわたしの手《て》を、みずきちゃんがガシッとにぎった。

「だからね、その代《か》わり。モモちゃん、みずきの親友《しんゆう》になって！」

「へっ？」

と、取《と》りひき……っ!?

「もう全部《ぜんぶ》おソロとか、つきまとったりとか、ゼッタイやらないから！　みずき、モモちゃんとホントに親友《しんゆう》になりたい。……書道《しょどう》は……本当《ほんとう》言《い》うと、あんまり好《す》きになれそうにないけど……。でも漢字《かんじ》の話《はなし》はスゴクおもしろかったし、みずき、モモちゃんの優《やさ》しいところ大好《だいす》きなの」

わたしは思《おも》わず、笑《わら》ってしまった。

「……みずきちゃん。そんな交換条件《こうかんじょうけん》出《だ》さなくていいよ。わたしも、みずきちゃんと親友《しんゆう》になりたい。みずきちゃんのコト、もっとたくさん知《し》りたいよ」

そう言《い》ったら、みずきちゃんは目《め》にこぼれそうな涙《なみだ》をためて、

「モモちゃんっ！」

スゴイ勢《いきお》いで、飛《と》びついてきた。

うわわわわっ。

熱烈《ねつれつ》に抱《だ》きしめられた瞬間《しゅんかん》、

「へっ、へっ、ふぇっくしょい！」

くしゃみが飛《と》びだした。

ううう、ずっと雨《あめ》に打《う》たれてたからだ。

――みずきちゃんと矢神《やがみ》くん、きょとんとして。

それから、わたしを指《ゆび》さして、大爆笑《だいばくしょう》しはじめた。

エピローグ

わたしはベッドで、う～～んと気持《きも》ちよく伸《の》びをする。

昨日《きのう》は、学園祭《がくえんさい》と後夜祭《こうやさい》とそれからそれから水鬼《みずき》のドタバタのせいか、ベッドにはいったとたんに、スイッチが切《き》れたみたいに寝《ね》てしまった。

深《ふか》く寝《ね》ると、朝《あさ》も気《き》持《も》ちいいなぁ。

時計《とけい》を見《み》れば、まだ六時《じ》だ。

習字《しゅうじ》、一枚《まい》くらい書《か》く時間《じかん》あるかな？

わたしは、カベに貼《は》りつけてあった、おびただしい枚数《まいすう》の「**友**《とも》」の字《じ》を、ふふっと眺《なが》めた。

――わたしにも、ちゃんと友達《ともだち》っていたんだなぁ。

さわやかな気持《きも》ちで、カーテンを開《あ》けた、ら。


「おはよう、モモちゃん」

——へっ？

目《め》の前《まえ》のマンションのベランダに……、やたらとカッコいい男《おとこ》の人《ひと》が、コーヒーカップを片手《かたて》にくつろいでいる。

ドラマのワンシーンみたいだ。

「モモちゃん、パジャマのボタンもモモの花《はな》なんだね。かわいいな」

「ハッ、ハッ、ハジメさんっ!?」

そうだ。矢神《やがみ》ハジメ。矢神《やがみ》くんのお兄《にい》さん。

彼《かれ》はカップに口《くち》をつけて、朝《あさ》のコーヒーは最高《さいこう》だねなんて息《いき》をつく。

「ハジメさん、ミコトバの里《さと》に、帰《かえ》ったんじゃないんですか？」

「そのつもりだったんだけど、ちょっと行《い》かなきゃいけない場所《ばしょ》ができてね。しばらく旅《たび》に出《で》るよ」

「た、旅《たび》っ？　どこにですか？」

「ひみつ。——もしモモちゃんが同行《どうこう》してくれるなら、教《おし》えてあげるよ」

イジワルにニッと笑《わら》う、ハジメさん。

「――そうだ。モモちゃん、あの筆《ふで》は今《いま》あるかな？　よかったら直《なお》してあげるよ。もう婆《ばあ》さんの予言《よげん》はカタがついたみたいだし、修理《しゅうり》しちゃっても問題《もんだい》ないから。――って、二人《ふたり》のきずなを裂《さ》いた張本人《ちょうほんにん》が言《い》うのもなんだけど」

「えっ！　あ、お願《ねが》いしますっ！」

あの軸《じく》がまっぷたつになっちゃった筆《ふで》をいそいで取《と》ってくると、彼《かれ》はそれを受《う》け取《と》って、あらためて観察《かんさつ》した。

「――軸《じく》ごと取《と》りかえようかな。すぐ終《お》わるから、ちょっと待《ま》ってて」

一度《いちど》ベランダの奥《おく》にひっこんだハジメさんは、言葉《ことば》どおり、五分《ふん》もたたずにもどってきた。

「じゃあ、あらためてプレゼント。――これ、白《しろ》タヌキの胸《むね》の毛《け》を使《つか》ったんだ。匠《たくみ》から話《はなし》を聞《き》いて、モモちゃんは優《やさ》しい子《こ》なんだろうなって思《おも》ったから、そのイメージにあわせて。しなやかなのにコシが強《つよ》いから、きっときみの字《じ》に力強《ちからづよ》さをあたえてくれるよ」

受《う》け取《と》った筆《ふで》は、さっきまでと全然《ぜんぜん》ちがう。

ピカピカの白竹《しろたけ》の軸《じく》に継《つ》ぎなおされて、まるで生《う》まれ変《か》わったみたい。

白《しろ》タヌキの毛《け》……！　そんな筆《ふで》、ウチにはなかったよ……！

これで字《じ》を書《か》くの、楽《たの》しみすぎる!!

「すっごくうれしいです！　ありがとうございます!!」

「喜《よろこ》んでくれてよかった」

ハジメさんはベランダの柵《さく》にひじをついて、ふふっと笑《わら》う。

「――もしまた、匠《たくみ》とケンカするようなことがあっても、この筆《ふで》みたいに、きずなは何度《なんど》でも修《しゅう》復《ふく》できるから。モモちゃんと匠《たくみ》は、ちゃんとおたがいを信《しん》じて大切《たいせつ》にしあってるから、この先《さき》なにが起《お》きても、ひとつも不安《ふあん》に思《おも》うことはないよ」

――ケンカしても、きずなは何度《なんど》でも修復《しゅうふく》できる。

ちゃんと信《しん》じあってる……………友達《ともだち》だから。

「……………はい。ありがとうございます」

頭《あたま》をさげると、ハジメさんはにっこりと笑《わら》った。

「ウチの弟《おとうと》を、よろしくね。主《あるじ》さま」

「――はっ、はい！」

筆《ふで》を大事《だいじ》ににぎってうなずいたわたしに、ハジメさんがベランダごしに、腕《うで》をのばしてきた。

そしてわたしの手《て》を取《と》ると、お姫《ひめ》さまにするみたいに、うやうやしくかかげた。

「でも、匠《たくみ》に嫌気《いやけ》がさしたら、いつでもおれがモモちゃんの文房《ぶんぼう》師《し》になるからね」

「えっ、いえ、あの、それはっ」

あわあわしてると、マンションの部屋《へや》の奥《おく》から矢神《やがみ》くんの足音《あしおと》。

「——ハジメ兄《にい》、朝《あさ》メシできたぞ」

目玉焼《めだまや》きののったフライパンを手《て》に、エプロン姿《すがた》の矢神《やがみ》くんが顔《かお》をだし——、
ハジメさんがわたしの手《て》をとってるのを見《み》た瞬間《しゅんかん》、顔色《かおいろ》を変《か》えた！

「なにやってんだ、ハジメ兄《にい》！」

「主《あるじ》さまに忠誠《ちゅうせい》を誓《ちか》ってるだけだけど」

「モモの文房師《ぶんぼうし》はおれだろ！」

「いや、モモちゃんにはやっぱり、オトナのオトコのほうが合《あ》ってるんじゃないかな」

「昨日《きのう》の話《はなし》とちがうだろ！」

矢神《やがみ》くんはフライパンをふりあげる！

それが頭《あたま》に直撃《ちょくげき》するまえに、ハジメさんはサッとわきによけ、フライパンは窓枠《まどわく》に衝突《しょうとつ》！

ガッ！

その反動《はんどう》で、目玉焼《めだまや》きが空《そら》にまいあがった……っ！

黄身《きみ》をぶるぶる言《い》わせながら、目玉焼《めだまや》きはひゅるるるるっと弧《こ》を描《えが》き——、

べしゃっ。

わたしの頭《あたま》に、ふってきた。

たらり、と割《わ》れた黄身《きみ》が、おでこに伝《つた》ってくる。

「……こっ、このっ……！」

「「……やべっ……」」

つかみあったまま、かたまる矢神兄弟《やがみきょうだい》。

「いっ、いいかげんにしなさいっ！

主《あるじ》さま命令《めいれい》よ――!!」

早朝《そうちょう》の空気《くうき》に、わたしの怒号《どごう》がひびきわたった。

あとがき

こんにちは、あさばみゆきです！　このたびは、一巻《かん》を読《よ》んでくれたみんなのおかげで、二巻《かん》もぶじにお届《とど》けすることができました！

二巻《かん》では、新《あら》たな文房師《ぶんぼうし》が登場《とうじょう》して主《あるじ》さま争奪戦《そうだつせん》になったり、モモに友達《ともだち》ができたり？　もりだくさんのお話《はなし》になったよ☆

新《あたら》しく仲間《なかま》にくわわった、みずきちゃんとハジメさん、みんなにも気《き》に入《い》ってもらえたらうれしいな☆　これからも、また出《で》てくるかも……？

三巻《かん》ではいよいよ、あのお方が帰《かえ》ってきそう……！

モモはタイヘンな目《め》にあわされちゃいそうだけど――。きっと矢神《やがみ》くんとチカラを合《あ》わせれば、だいじょうぶだよねっ!?

お話《はなし》を書《か》いてるとちゅう、たよりない作者《さくしゃ》が迷走《めいそう》しはじめると、モモたちをグイグイひっぱってくれたA師匠《ししょう》！　今回《こんかい》もドキッとしちゃうステキなイラストを描《か》いてくださった市井先生《いちいせんせい》！　ありがとうございました～～!!

そして、感想《かんそう》や「いみちぇん！」ネタのアイディアを送《おく》ってくれたみんな、本当《ほんとう》にありがとう!!　お手紙《てがみ》は大切《たいせつ》に大切《たいせつ》に読《よ》ませてもらってます。もうお返事《へんじ》はとどいたかな？　ＨＰ《ホームページ》のコメントも、いつも見《み》てるよ！　みんなの声《こえ》を聞《き》くと、ゲンキいっぱいになって筆《ふで》が千倍《ばい》はやく進《すす》みます。ホント～～にありがとう!!　それでは、またみんなに会《あ》えるのを楽《たの》しみにしてますっ☆　ここまで読《よ》んでくれて、ありがとう！

あさばみゆき

あさばみゆき先生《せんせい》へのお手紙《てがみ》は、
角川《かどかわ》つばさ文庫編集部《ぶんこへんしゅうぶ》に送《おく》ってください！
↓　↓　↓
〒102-8078　東京都千代田区富士見 1-8-19
株式会社KADOKAWA　角川つばさ文庫編集部　あさばみゆき先生係

次巻予告《じかんよこく》　**林間学校《りんかんがっこう》にやってきたモモたち。**
そこには、桃花《とうか》と同《おな》じミコトバヅカイの御筆《みふで》が、
もう一本《ぽん》あるということがわかって…!?
モモたちは御筆《みふで》を見《み》つけることができるの!?

角川つばさ文庫

あさばみゆき／作

3月27日うまれのB型。横浜市在住。2013年に第12回角川ビーンズ小説大賞奨励賞を受賞。14年、第2回角川つばさ文庫小説賞一般部門金賞を受賞。受賞作を改題・改稿し、『いみちぇん！① 今日からひみつの二人組』を刊行。著作に「百花の守り主さま」シリーズ（あさば深雪名義・角川ビーンズ文庫）がある。妖怪やおばけ、占いの話には興味しんしん。図書館と本屋さんが大好き。

市井あさ／絵

児童書を中心に活動するイラストレーター。イラストを担当した作品に、「天才作家スズ」シリーズ（角川つばさ文庫）などがある。好きな食べものは卵料理とチョコレート。今は、海外ドラマを観ることにハマっています。公式ホームページはhttp://asas1.chips.jp/

角川《かどかわ》つばさ文庫《ぶんこ》　Aあ7-2

いみちぇん！②

ピンチ！　矢神《やがみ》くんのライバル登場《とうじょう》！

作《さく》　あさばみゆき
絵《え》　市井《いちい》あさ

2015年2月15日　初版発行
2017年6月10日　11版発行

発行者　郡司 聡
発　行　株式会社KADOKAWA
〒102-8177　東京都千代田区富士見 2-13-3
03-3238-8521（カスタマーサポート）
http://www.kadokawa.co.jp/
印　刷　大日本印刷株式会社
製　本　大日本印刷株式会社
装　丁　ムシカゴグラフィクス

ISBN978-4-04-631476-5　C8293　N.D.C.913　223p　18cm

読者のみなさまからのお便りをお待ちしています。下のあて先まで送ってね。
いただいたお便りは、編集部から著者へおわたしいたします。

〒102-8078　東京都千代田区富士見 1-8-19　角川つばさ文庫編集部